書下ろし

心変わり

風烈廻り与力・青柳剣一郎㊽

小杉健治

祥伝社文庫

目次

今戸町
浅草
吾妻橋
隅田川(大川)
本所
柳橋
両国橋
亀沢町
筆墨屋『一筆堂』
竪川
大横川
高橋の袂
鰻料理屋『川端屋』
新大橋
小名木川
霊巌寺
深川
永代橋
佐賀町
口入れ屋『長崎屋』
北
西
東
南

「心変わり」の舞台

主な登場人物

〈青柳家〉

青《あお》柳《やぎ》剣《けん》一《いち》郎《ろう》　風烈廻り与力。柳生新陰流の達人で、賊を退治した際に頬に受けた刀傷の痕から、〝青痣与力〟と呼ばれ、市井の人々に畏れ敬われている

多《た》恵《え》　剣一郎の妻女。勘が鋭く、剣一郎を支えながら、町の女たちの悩み相談にものっている

剣《けん》之《の》助《すけ》　剣一郎の伜。吟味方与力の見習い

志《し》乃《の》　剣之助の妻女

るい　剣一郎の娘

太《た》助《すけ》　猫の蚤取りを生業にしながら、剣一郎の手先として働く

太助 → 青柳剣一郎：仕える

宇野清左衛門 → 青柳剣一郎：特命

〈南町奉行所〉

宇《う》野《の》清《せい》左《ざ》衛《え》門《もん》　奉行所を取り仕切る年番方与力。剣一郎の眼力を買い、難事件の探索を託す

長《は》谷《せ》川《がわ》四《し》郎《ろう》兵《べ》衛《え》　内与力。奉行の威光を盾に、剣一郎に高圧的な態度で難癖をつける

橋《はし》尾《お》左《さ》門《もん》　吟味方与力。剣一郎の幼馴染みでもある

礒《いそ》島《じま》源《げん》太《た》郎《ろう》
大《おお》信《し》田《だ》新《しん》吾《ご》　風烈廻り同心。剣一郎と見回りにあたることも多い

植《うえ》村《むら》京《きょう》之《の》進《しん》　定町廻り同心。剣一郎に強い憧れを抱いている

作《さく》田《た》新《しん》兵《べ》衛《え》　隠密廻り同心。変装の達人で、剣一郎の信頼が厚い

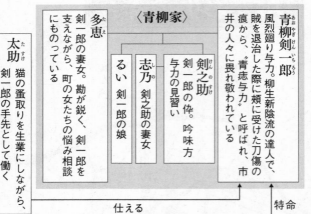

第一章　剣一郎、乗り出す

一

晩秋の風は冷たく、銀杏《いちょう》の葉も黄色くなっている。季節の移ろいを感じながら、風烈廻《ふうれつまわ》り与力《よりき》の青柳剣一郎《あおやぎけんいちろう》は南町奉行所《みなみまちぶぎょうしょ》に出仕した。

与力部屋の自分の文机《ふづくえ》の前に落ち着いたとき、見習い与力がやってきた。

「宇野《うの》さまがお呼びにございます」

「わかった。ごくろう」

剣一郎はすぐ年番方《ねんばんかた》与力の宇野清左衛門《せいざえもん》のもとに向かった。

また内与力の長谷川四郎兵衛《はせがわしろべえ》から呼出しがあったのだろうと思いながら、剣一郎は年番方与力の部屋に着くと、清左衛門に声をかけた。

「宇野さま」

文机に向かっていた清左衛門は剣一郎の顔を見て、

「また、長谷川どのがお呼びだ」

と、渋い顔で言った。

「わかりました」

剣一郎は清左衛門とともに内与力の用部屋に行った。

用部屋の隣にある部屋で待っていると、ようやく長谷川四郎兵衛が現われた。

「昨日、登城の際、お奉行がご老中《ろうじゅう》から相談を受けた」

腰を下ろすなり、いきなり四郎兵衛は口を開いた。

何の挨拶《あいさつ》もなく、用件を切り出すのはいつものことだ。

「この二年間、巷《ちまた》を荒らし回っている狐面《きつねめん》の盗賊のことだ。火付盗賊改《ひつけとうぞくあらため》の長官の天野剛之進《あまのごうのしん》が掛かりとなって探索を続けているが、いまだに手掛《つか》かりも摑めていない」

狐面の盗賊とは、おかしらをはじめ、主立った者数名が狐の神楽《かぐら》面をかぶっていることから火盗改《かとうあらため》が命名した。

二年間で被害は七件。去年は二件だったが、今年は五件の被害がある。一件で一千両は盗まれている。

「幕閣《ばっかく》では火盗改を交代させるべきだという意見が出ているが、若年寄《わかどしより》は他の押込みや付け火犯の捕縛《ほばく》など、狐面の盗賊以外の探索ではそれなりの手柄を上げていて、交代させる理由がないと言っている」

火盗改は御先手頭《おさきてがしら》が兼務をする。御先手組は若年寄の支配であるから、火盗改もその支配下にあった。

「そこで」

四郎兵衛は清左衛門と剣一郎の顔を交互に見て、

「青柳どのに狐面の盗賊の探索をさせられないかということだ」

と、口にした。

「しかし、狐面の盗賊に関しては、火盗改の探索のほうがはるかに先を行っている。今さら、青柳どのが乗り出したとしても……」

清左衛門が口をはさんだ。

「その火盗改が頼りにならんから、ご老中がお奉行に相談したのでござる」

四郎兵衛は強い語調で、

「ご老中直々、青柳どのを指名してきたのだ」

「そもそも」

清左衛門が言う。

「押込みの現場には常に火盗改が先に到着をしていて、南町の同心たちは何も手が出せなかったということだ。それに我らが扱っているのは押込みだけではない。殺しや傷害、盗み、詐欺《さぎ》などたくさんある。盗みと火付けだけに専心している火盗改に後《おく》れをとるのは当然。それを今から青柳どのが乗り込んだところで、太刀《たち》打ち出来るわけがない。青柳どのが火盗改を指揮し、思い通りに動けるなら話は違うが……」

「お奉行が仰《おつしや》るには」

四郎兵衛は息継ぎをして、続けた。

「ご老中は青柳どのに狐面の盗賊を捕まえて欲しいと思っているわけではないということだ」

「どういうことだ？」

清左衛門がきき返す。

「ご老中の本心は火盗改に刺激を与えることだ。いつもあと一歩のところで逃げられてしまう。青柳どのが乗り出すことで、火盗改も必死になるだろう。狙《ねら》いはそれだと」

「競争心を煽《あお》るために青柳どのを利用するということか」

清左衛門は呆《あき》れ返ったように言う。

「そういうことだ」

四郎兵衛は落ち着いて言う。

「冗談ではない。ご老中は青柳どのの気持ちをどう思っているのか」

清左衛門は憤慨《ふんがい》した。

「宇野さま」

それまで黙って聞いていた剣一郎がはじめて口を開いた。

「それによって、火盗改の探索が進むのなら私は構いません。それより、火盗改を翻弄《ほんろう》している狐面の盗賊について興味があります。この際ですから、私も独自に調べてみたいのですが」

「青柳どのがそう言うなら何も文句はないが」

清左衛門は戸惑《とまど》い気味に言い、

「火盗改はこれまで調べた狐面の盗賊に関することを話してはくれまい。青柳どのは一から探索をはじめることになるが」

「かえって、そのほうがいいでしょう。火盗改の探索がこの二年間、進展がないのは、何か間違った方向に進んでいるからだと思います。まっさらな目で見直すと、何か見えてくるものがあるかもしれません」

剣一郎は前向きに話した。

「では、青柳どの、頼んだ。以上だ」

四郎兵衛は言い、腰を上げた。

「長谷川どの」

清左衛門が引き止め、

「青柳どのが探索をはじめるのは、あくまでも火盗改に奮起を促《うなが》すためであり、青柳どのに狐面の盗賊を捕まえろと言っているわけではないのだな」

と、確かめた。

「そうだ。火盗改の手柄を横取りすることが狙いではない」

四郎兵衛ははっきり言い、さっさと部屋を出て行った。

「珍《めずら》しいな」

清左衛門は苦笑し、

「いつもの調子でいけば、狐面の盗賊を壊滅出来なければ、青柳どのの責任だと言い出すところなのに。火盗改に気を使っているのか、それともいくら青柳どのが乗り出しても、今さら無理だと思っているのか」

「いずれにしましても、私なりに狐面の盗賊を追ってみます」

剣一郎は覚悟を示した。

夕方になって、町廻りから奉行所の同心《どうしん》詰所に戻った植村京之進《うえむらきようのしん》を、剣一郎は与力部屋に呼んだ。

「ごくろう」

剣一郎は労《ねぎら》って、

「教えてもらいたいことがある」

と、口にする。

「狐面の盗賊のことだ」

剣一郎は切り出した。

「狐面……」

京之進は不思議そうな顔をしたが、

「どんなことでしょうか」

と、きいた。

「そなたの管轄内で、被害に遭《あ》ったのは確か二カ所だったな」

「はい。この二月の本町《ほんちょう》三丁目の木綿《もめん》問屋『近江屋《おうみや》』、六月の池之端仲町《いけのはたなかちょう》の線香問屋『芳香堂《ほうこうどう》』の合わせて二軒です。ともに一千両余が盗まれました」

京之進は説明した。

「そなたが駆けつけたときは、二軒ともすでに火盗改は来ていたのか」

「はい。火盗改配下の密偵が大店《おおだな》の異変を察し、近くを見廻っていた与力や同心に知らせたそうです。ですから、我らは火盗改が店の者から事情を聞きだし終えたあとに聞き込みを……」

「なぜ、密偵はそんなに早く察知出来たのか」

剣一郎は疑問を呈《てい》する。

「これまでの犯行日と犯行場所から、次はいつごろどこに押し込むかを何カ所か見当をつけて、全員で分担して見廻りを続けていたようです」

「それは他の場所でも同じだな」

「最初は麹町《こうじまち》、二軒目は木挽町《こびきちょう》、そして本郷《ほんごう》、小石川《こいしかわ》、神谷町《かみやちょう》など、襲われた商家には先に火盗改が到着していました」

京之進はそれぞれの管轄の定町廻《じょうまち》りから聞いたと話した。

「そこまで先読みが出来ていて、なぜこれほど狐面の盗賊にやられっぱなしなのか」

　剣一郎は不思議に思った。

「狐面のおかしらはかなりの切れ者だと、火盗改与力の佐久間秀作《さくましゅうさく》さまが言ってました」

「切れ者？」

「かつての大物の盗人《ぬすっと》が徒党を組んで押込みをはじめたのではないかと」

「佐久間どのは心当たりがあるのか」

「七年前まで街道筋を荒らしていた盗人が、その後盗みをぴたりとやめてしまった。その男だという証《あかし》はないが、気になると言っていました」

「佐久間どのは南町の同心にそこまで教えてくれたのか」

　剣一郎は少し驚いてきいた。

「いつも後手にまわっている我らに同情してくれたのかもしれません」

「うむ」

　剣一郎は唸《うな》ってから、

「最初の狐面の押込みのときも、火盗改が先に駆けつけていたのだな」

　と、きいた。

「そうです」

「どうして、火盗改が先に駆けつけられたのだ？」

二年前、はじめて狐面の盗賊が現われたのは麴町の質屋『越後屋《えちごや》』だった。

「そのときは密偵がたまたま不審な一団を見かけてあとをつけたところ、質屋に忍び込んだのを見て、小川町《おがわまち》にある火盗改の役宅に知らせたそうです」

「火盗改の役宅まで走ったのか」

剣一郎は眉根《まゆね》を寄せ、

「近くの自身番《じしんばん》に知らせてくれたらな」

と、残念がった。

火盗改の密偵が自分のところに知らせるのは止《や》むを得ないが、自身番に知らせたらもっと素早く対処ができたのだ。

「で、火盗改が駆けつけたときは、すでに賊は逃げたあとだったのだな」

「そうです。火盗改が駆けつけたときは主人夫婦や番頭は縛られ、土蔵から千両箱が盗まれていたそうです」

「主人夫婦や番頭に賊が土蔵の鍵《かぎ》を出させたのだな。つまり、賊の中には錠前《じょうまえ》破《やぶ》りはいなかったということか」

「はい。その代わり、身の軽い男がいたようで、塀《へい》を乗り越えて庭に忍び込んでいます」

「その他にわかっていることは？」

「賊は十人ほどではないかと、佐久間さまが話していました」

「十人か……」

剣一郎は頷《うなず》いてから、

「火盗改に先を越されたが、そなたも『近江屋』と『芳香堂』の主人夫婦や番頭から賊について聞いたのだな」

と、確かめた。

「はい。聞きました」

京之進は応じて、

「主人夫婦の寝間に入ってきたのは三人で、三人とも狐面をかぶって、匕首《あいくち》を手にしていたそうです」

「体つきに特徴は？」

「おかしららしき男は小柄で、他のふたりは大柄だったということです。それと、おかしらの声は低く、落ち着いていて四十半ばのように思えたと。被害に遭った者は一様に同じことを言っています」

「そうか」

剣一郎は他に聞いておくべきことはないかと考えたが、特に思い至らなかった。

「また、何かあったらきく」

剣一郎は言い、話を切り上げた。

「青柳さまはなぜ、狐面の盗賊のことを?」

京之進がきいた。

「長谷川さまからの用命《ようめい》だ」

剣一郎は四郎兵衛から言われたことを話した。

聞き終えた京之進は、

「確かに、火盗改は狐面にやられっぱなしですね。やはり、おかしらは名うての盗賊だったのでしょうか」

と、きいた。

「うむ。よほどの盗人かもしれぬな」

剣一郎も厳しい顔をした。

「私に出来ることがあればなんでも命じてください」

京之進は訴えるように言う。

「そのときは頼む」

剣一郎は応じた。


夕闇が迫っていた。剣一郎は麹町にある質屋『越後屋』にやってきた。屋根看板に、「志《し》ちや」と書いてある。

手代《てだい》ふうの男が暖簾《のれん》を片づけるところだった。

「主人に会いたい」

剣一郎は編笠《あみがさ》をとって声をかけた。

「はい、中におります」

手代は緊張した声で言い、土間に入った。帳場格子《ちょうばごうし》に五十年配の男が座っていた。

「旦那《だんな》さま」

手代ふうの男が声をかける。

大福帳を広げていた男が顔を上げた。

「青柳さまが」

「なに」

五十年配の男は、すぐに立ち上がってきた。

「これは青柳さまで」

男が上がり框《かまち》まで出てきた。

「主人か」

「はい。主人の翫右衛門《かんえもん》です」

「今、忙しいなら出直すが」

剣一郎は言う。

「いえ、だいじょうぶです。何か」

翫右衛門は不安そうな表情をした。

「二年前、狐面の盗賊に押し込まれたな。そのときのことをききたいのだが」

剣一郎は切り出す。

「わかりました。どうぞ、お上がりください。すぐ脇に小部屋がありますので」

翫右衛門が勧める。

腰から刀を外し、剣一郎は小部屋に上がった。

向かい合って、翫右衛門が口を開いた。

「押込みは捕まったのでしょうか」

「いや、まだだ」

「そうですか」

翫右衛門は落胆した。

「商売柄、盗人には用心をしていたと思うが、それでも塀を乗り越えて忍び込まれたそうだな」

「はい。まさか、忍び返しのついた塀を乗り越えられるとは思ってもいませんでした」

「賊は寝間に入ってきたのだな」

剣一郎は確かめる。

「はい。気配に気づいて目を覚ましたら、行灯《あんどん》の明かりが灯っていたんです。そしたら、狐面をかぶった男が三人立っていて。ひとりが家内に匕首を突き付け、騒いだら殺すと。それから、真ん中にいた小柄な男が土蔵の鍵を出せと」

そのときの恐怖を思いだしたように、翫右衛門は肩をすくめた。

「すぐ鍵を出したのか」

「はい、もうひとりの大柄な男が鍵を持って部屋を出て行きました。それから、その男が戻ってきて鍵を返してきました」

「金をとったのだな。それでどうした？」

「頬被《ほおかぶ》りだけで、面をつけていない男がやってきて、小柄な男に命じられて私と家内を縛り上げ、猿ぐつわをかましました」

甃右衛門は深呼吸をした。

「小柄な男がおかしらか」

「そのようです。小柄な男の合図で、引き上げていきましたから」

「火盗改が来たはずだが」

「はい。半刻《はんとき》（一時間）ほどしたあとに、鍵が開いたままの裏口から入ってきました。雨戸も外れたままだったので、そこから部屋に入ってきて助けられました」

「賊が押し入っている間、奉公人は誰も気づかなかったのだな」

剣一郎は念のためにきく。

「はい。ですから、火盗改が来てくれなかったら、朝まで縛られたままでした」

「で、盗まれたのはいくらだ？」

「一千両です」

「賊が口をきいたのは、妻女に匕首を突き付けた男とおかしららしい小柄な男のふたりだな。声の感じからいくつぐらいだと思ったか」

「はい。匕首を突き付けたのは三十過ぎ、小柄な男は四十半ばかなと」

「その他、賊のことで気がついたことはないか」

剣一郎はきいた。

「いえ、ありません」

翫右衛門は首を横に振った。

「そうか。邪魔をした」

剣一郎は引き上げた。

二

翌日の朝、剣一郎は二軒目に被害に遭った木挽町にある古着屋の『赤城屋《あかぎや》』を訪ねた。

主人の好太郎《こうたろう》と客間で向かい合い、剣一郎はさっそく切り出した。

「狐面の賊が入ってきたときのことを聞かせてもらいたい」

「はい」

好太郎は頷き、

「夜中にふと目を覚ましたら、足元に狐面をかぶった男が三人立っていました」

と、話しはじめた。

『越後屋』の翫右衛門の話とほぼ同じだった。やはり、妻女に匕首を突き付け、土蔵の鍵を出させている。

金を盗んだあと、若い男が夫婦を縛り上げた。

「その間、奉公人は誰も気づかなかったのだな」

「はい。火盗改が駆けつけて、はじめて気づいたのです」

好太郎は渋い顔で言う。

「火盗改は賊が逃げてからどのくらいでやってきたのだ?」

「半刻ほど経《た》ってです」

「なぜ火盗改はここに押込みが入ったのを知ったのか、わけを聞いたか」

剣一郎は疑問を口にした。

「怪しい一団が駆け抜けていくのを見たので、付近の商家の裏口を調べたら、うちだけ開いていたそうです」

「怪しい一団を見た？」

剣一郎は首を傾《かし》げた。

『越後屋』のときも密偵が偶然、押込みに遭遇した。こっちでは、逃げて行く一味を見ていたのだ。

二軒ともたまたま居合わせたことになる。二度続けて、偶然があったのか。

剣一郎は念のために、

「賊のことで何か気がついたことはないか」

と、きいた。

「私たちを縛り上げた男は若そうでしたが、私を縛るとき、袖《そで》がまくれて彫り物がちらっと見えました」

「なに、彫り物とな。どっちの腕だ？」

「左の二の腕です」

「どんな彫り物だ？」

「ちらっと見ただけなので……。竜のような気もしますが」

「そのことは火盗改に話したか」

「話しました」

好太郎は言ったあとで、

「そういえば」

と、声を呑《の》んだ。

「何か」

「はい。去年の秋、亀戸《かめいど》の龍眼寺《りゅうげんじ》に萩《はぎ》を見に行きました。その帰り、亀沢町《かめざわちょう》で遊び人ふうの若い男とすれ違ったのですが、そのとき左の二の腕に竜の彫り物があるのが目に入ったのです。まさかと思いましたが、その男の背中を見送っていると、『一筆堂《いっぴつどう》』という筆墨屋《ひつぼくや》に入っていったんです。ひっかかりましたが、竜の彫り物をしている男も多いだろうし、ほんとうに私を縛った男かどうかの確信が持てず、そのままに」

好太郎は俯《うつむ》いた。

「今の話は火盗改には？」

「火盗改が顔を出したら話すつもりでしたが、姿を見せなかったので。わざわざ知らせに行くようなことか自信もありませんでしたし」

「火盗改に話していないのだな」

「はい。話したほうがいいでしょうか」

「そうだな。いや、話さずともよい」

彫り物の男のことは、こちらで調べようと、剣一郎は思った。

「わかりました」

好太郎はほっとしたように言う。

「邪魔をした」

剣一郎は『赤城屋』をあとにした。

それから、剣一郎は三軒目の被害に遭った本郷三丁目の呉服問屋に行き、さらに小石川と商家を順番にまわった。

手口は皆同じだった。狐面の三人が寝間に現われ、匕首を突き付けて土蔵の鍵を出させ、逃げるときは主人夫婦を縛り上げ、猿ぐつわをかましている。

中には土蔵の鍵は番頭が管理している商家もあり、そこは番頭もいっしょに縛り上げられていた。

そして、火盗改が常に奉行所の同心より先に到着していた。

火盗改は狐面の盗賊にかなり迫っているように思える。少なくとも、奉行所よりはるかに多くの手掛かりを摑んでいるはずだ。縄や猿ぐつわに使っていた手拭《てぬぐ》いなどをすべて押収し、足跡の大きさなどからも賊の体つきなどを想像できる。

それなのに、なぜ、七軒までも狐面の押込みを許してきたのか。

剣一郎は最後に被害に遭った七軒目の神谷町の蠟燭《ろうそく》問屋『生駒屋《いこまや》』に向かった。押し込まれたのはひと月前だ。

『生駒屋』の主人杢太郎《もくたろう》と、客間で会った。

「押し込まれたときの状況から話してもらいたい」

剣一郎は他と同じように問いかける。

「はい。夜中に物音で目を覚ましたら、隣の部屋の行灯に明かりが点《つ》いているようなので不思議に思って襖《ふすま》を開けたら、狐面の男が三人立っていたのです」

杢太郎は青ざめた顔で続けた。

「大柄な男がふたり、私と家内に匕首を突き付けて騒ぐなと」

それから、土蔵の鍵を奪われた。そして、縄で縛られて猿ぐつわをかまされた。過去六軒とまったく同じだ。

「縛ったのは手下の若い男か」

「そうです。頰被りしていて顔は見えませんでしたが、若い感じでした」

「その若い男に何か特徴はなかったか」

剣一郎は確かめる。

「ありました。左の二の腕に彫り物が」

「どんな彫り物だ？」

「確か、竜だったと」

『赤城屋』の好太郎が見たのも竜だった。

「で、縄を解いてくれたのは誰だ？」

火盗改だと思いながら、剣一郎はきいた。

「賊が逃げたあと、すぐに番頭が駆けつけ、縄を解いてくれました」

「なに、番頭が気づいていたのか」

剣一郎は思わず声を上げた。

「はい。私の悲鳴が聞こえ、目を覚ましたそうです。その後は静かになったので、そのままふとんに入ったのですが、気になって様子を見に奥まで。すると、雨戸が開いていたので驚いて私の部屋に」

「すると、賊が引き上げたあと、すぐ縄を解かれたのか」

「はい。それで、手代を自身番に走らせました。でも、やってきたのは火盗改でした」

「奉行所の者が来たのは？」

「それから半刻ほど経ってでしょうか」

「手代は自身番に行かなかったのか」

剣一郎は驚いてきく。

「手代が店を飛び出したあと、ばったり会ったという火盗改を案内して店に戻ってきたのです」

「店の近くに火盗改がいたのか」

「そうです」

「すると、奉行所には誰が？」

「夜廻りの木戸番が気づいて自身番に知らせたそうです」

「そうか」

なぜ、火盗改は近くにいたのだ。

狐面の盗賊が逃げたあと、手代が自身番に知らせようとしている。ふつうなら、今度こそ奉行所の同心がまっさきに駆けつけられたはずだ。

だが、火盗改が近くにいた。偶然なのか。

翌朝、剣一郎は出仕すると、芝《しば》、愛宕《あたご》方面を管轄している定町廻り同心友永亀《ともながかめ》次郎《じろう》を呼んだ。

「青柳さま、お呼びで」

友永亀次郎が与力部屋にやってきた。

「ごくろう。ここへ」

剣一郎は近くに招いた。

「失礼します」

「神谷町の『生駒屋』が狐面の盗賊に押し込まれたときのことをききたい」

「はっ」

「そなたは誰から知らせを受けて『生駒屋』に駆けつけたのだ？」

「自身番の者が屋敷に知らせにきました」

亀次郎は答える。

「で、駆けつけたときには、すでに火盗改が来ていたのだな」

「いえ。すでに火盗改は引き上げたあとでした」

「引き上げたあと?」

剣一郎はきき返す。

「はい。調べは終わったといって引き上げたそうです」

「では、主人夫婦を縛った縄や猿ぐつわに使った手拭いなどは火盗改が押収して、すでに現場にはなかったのだな」

「はい。ありませんでした」

「これまで、狐面の盗賊の被害に遭った現場には常に火盗改が先駆けしている。このことについて、どう思うか」

剣一郎は亀次郎にきいた。

「ほんとうに不思議でなりません。それで、私は次の日、小川町の火盗改天野剛之進さまの役宅を訪ねました。探索にあたっている与力の佐久間秀作さまは、狐面の盗賊の動きをある程度読めるようになったのだと仰っていました」

「どんな予測が出来ようか」

剣一郎は首を傾げる。

「私も不思議に思い、どうやって予測をするのですかと訊《たず》ねたら、秘密だと。ただ、三カ所に狙いを定めて、そこを重点的に見廻ると」

亀次郎は続けて、

「天野さまは、狐面の盗賊のおかしらの才知は我らを上回っていると。常にあと一歩のところで出し抜かれると舌打ちしていました」

「そうか。わかった。ごくろうであった」

「はっ、失礼いたします」

亀次郎が下がったあと、見習い与力に宇野清左衛門の都合を聞きにやった。

見習い与力が戻ってきて、いつでも構わないという清左衛門の返事を持ってきたので、剣一郎はすぐに年番方与力の部屋に行った。

剣一郎が声をかけると、文机に向かっていた清左衛門が振り返った。

「隣に」

そう言い、清左衛門は立ち上がって隣の小部屋に入った。

向かい合って、剣一郎は切り出す。

「狐面の盗賊に押し入られた商家をすべてまわって話を聞いてきました。まだ、はっきりとは言い切れませんが、火盗改の動きに少し不可解なことが」

剣一郎は切り出す。

「不可解となり」

「火盗改は狐面の盗賊の動きを察知しているのではないかと思えてなりません」

「どういうことか」

「証があるわけではないので、はっきりしたことは申し上げられませんが、火盗改は狐面の盗賊がいつどこに押し込むか知っているような気がするのです」

「それは、火盗改と狐面がつるんでいるということか」

清左衛門は目を剝《む》いた。

「まだ、そこまで言いきれませんが」

剣一郎は慎重に言葉を選び、

「火盗改は早い段階で押込みがあったことを知り、常に奉行所より先に現場に到着しているのです」

剣一郎は火盗改に対する疑問を口にし、

「火盗改全体が狐面とつながっているというより、配下の一部の者が狐面と通じているということだと思います」

「うむ」

清左衛門は唸った。

「あくまでも私の勘《かん》でしかありません。見当違いなことを言っているかもしれませんが、ただ私の勘が当たっている場合、私は火盗改を追い詰めることになるでしょう」

剣一郎は口にし、

「長谷川さまの話では、狐面の盗賊の探索に手こずっている火盗改に刺激を与えるために私を利用するということでした。それなのに、もし私が火盗改の配下の者の不正を暴いた場合、火盗改の天野剛之進さまの面子《めんつ》を潰《つぶ》すことになりはしないかと」

と、火盗改の天野剛之進のことを慮《おもんぱか》った。

「青柳どのはどうするべきと?」

清左衛門がきく。

「何度も申しているように、証拠があるわけではなく、あくまでも私の勘でしかありません。これから、調べを進めていきますが、私の疑問を天野さまにお伝えし、天野さまの手で解決を……」

そこまで言ったとき、剣一郎はあっと叫んだ。

「まさか」

「青柳どの、どうした？」

清左衛門が不審そうな顔を向けた。

「いえ、考えすぎかもしれませんので」

剣一郎は返事を拒《こば》んだ。

「いや、考えすぎかどうかはわしが判断する。気になったことがあれば、わしも知っておいたほうがいい」

清左衛門は熱心に言う。

「わかりました」

剣一郎は頷き、

「これこそ、根拠のない思いつきでしかありませんが、ひょっとして、天野さまも配下の者に疑惑を抱《いだ》いているのでは……」

「天野さまが？」

「はい、内部で調べると情報が漏れてしまうという恐れから、私に調べさせるように仕向けたのでは」

「ご老中が業《ごう》を煮やして、火盗改の尻を叩《たた》く意味で青柳どのを利用したというのは表向きで、実際は青柳どのに火盗改の不正を暴いて欲しいということか」

清左衛門は目を見開いて言う。

「わかりませんが、私が被害に遭った商家から話を聞いただけで疑問を抱いたのですから、火盗改の中に疑念を持つ者がいたとしても不思議じゃありません」

剣一郎は言ってから、

「宇野さま、本気で狐面の盗賊を調べてみます」

と、気持ちを改めた。

三

昼過ぎ、剣一郎は本所《ほんじょ》亀沢町にやってきた。

小商いの並ぶ通りの真ん中辺りに『一筆堂』があった。古い建物だ。店先に、筆が並んでいる。

この店に、左の二の腕に竜の彫り物がある遊び人ふうの男が入っていったのを、木挽町にある『赤城屋』の主人好太郎が見ていた。自分を縛った男かどうか確信はないと言っていたが、神谷町にある『生駒屋』の主人杢太郎も、賊のひとりの左の二の腕に竜の彫り物をしっかりと見ていたのだ。

同じような彫り物をした男ということも考えられるが、剣一郎は『一筆堂』の前を通りすぎながら店の中を覗《のぞ》いた。

四十半ばぐらいの小柄な男が女の客の相手をしていた。

剣一郎は素通りして、自身番に向かった。

玉砂利を踏んで、自身番に顔を出すと、月番《つきばん》の家主《いえぬし》があわてて、

「これは青柳さま」

と、挨拶をした。

「ちと、教えてもらいたいのだが」

剣一郎は切り出す。

「町内に『一筆堂』という店があるな」

「はい」

奥にいる番人たちも目を向けている。

「亭主の名は?」

「矢五郎《やごろう》さんです」

家主は答える。

「いくつぐらいか」

「四十半ばぐらいでしょうか」

「どんな感じの男だ？」

「落ち着いた穏《おだ》やかな感じです。小柄で、一見ひ弱そうですが、芯《しん》が強い方ですね」

「なるほど」

剣一郎は頭に入れてから、

「いつから店を？」

と、続けてきく。

「三年近く前からです。それまでは麻布《あざぶ》のほうで奉公していたそうです」

「独り立ちして、店を持ったということか」

剣一郎は続けて、

「家族は？」

と、きいた。

「独り者です」

「するとあの家には？」

「番頭さんと小僧、それに住込みの婆《ばあ》さんがいます」

「客はどうだ？」

「どうでしょうか」

家主は後ろに顔を向けた。

「たまに客を見かけますが、それほど繁盛しているようには思えません」

店番の男が答える。

「自身番で使う筆などは『一筆堂』で買い求めてはないのか」

「じつは、あそこに置いてあるのは値の張るものばかりでして、もっと安い筆を売る店が他にあるので」

家主が答える。

「高級な品を揃えているのか」

「はい。それに、品数もあまり多くないので」

「そうか」

剣一郎はふと思いついたように、

「左の二の腕に竜の彫り物をしている遊び人ふうの男が『一筆堂』に入っていくのを見たことはないか」

と、きいた。

「竜の彫り物ですか」

店番の男が言い、

「竜かどうかわからないのですが、左の二の腕に彫り物がある男なら何度か見かけたことがあります」

と、口にした。

「『一筆堂』の客か」

「客のようには思えませんでしたが」

店番の男は首を傾げる。

「わかった」

「青柳さま、『一筆堂』に何か」

「いや、『一筆堂』ではなく、左の二の腕に竜の彫り物をしている遊び人ふうの男を探しているのだ」

「そうですか」

「これから、『一筆堂』に顔を出してみる。邪魔をした」

剣一郎は自身番を出た。

再び、『一筆堂』の前にやってきた。女の客はもういなかった。

編笠をとって、剣一郎は土間に入る。店先の筆を見た。高級な品が並んでいる。

「いらっしゃいませ」

四十半ばぐらいの小柄な男が声をかけてきた。

「これは見事だ」

「名のある筆職人の作でございます。どうぞ、お手にとって」

男が言う。

剣一郎は筆を手にとった。

「馬ではないな。狸《たぬき》の毛か」

「さようで」

「ご亭主か」

剣一郎は声をかけた。

「はい。亭主の矢五郎と申します」

「ずいぶん高級な品を揃えているな」

「私の好みで」

「この界隈《かいわい》では似つかわしくないような気がするが」

「遠くの方から注文をいただき、届けています」

　矢五郎は答える。

「この店はいつから？」

「三年近く前からです」

「それまではどこに？」

「麻布のほうに半年ほどいましたが、それ以前は小田原《おだわら》の筆問屋で働いていました」

「小田原？　では、江戸に出てまだ三年ちょっとか」

「はい」

「なぜ、江戸に？」

「へえ」

　矢五郎は眉根を寄せて、

「五年前に家内が亡くなり、小田原にいると思いだしてしまうので、心機一転、江戸に」

「そうか。で、どうだ、江戸での暮らしは？」

「はい、それなりに」

矢五郎は不審そうに剣一郎の顔を見た。そして、微《かす》かに表情を変え、

「もしや、青柳さまでは」

と、窺《うかが》うようにきいた。

「いかにも」

「やはり、そうでしたか。どこかふつうのお侍さまとは違う感じがしましたので」

矢五郎は言い、

「青柳さまとお話し出来るとは光栄に存じます」

と、口にした。

単なるへつらいではない。剣一郎に対して敬意を払っているように思えた。

剣一郎は筆を戻し、

「じつはひとを探している」

と、切り出した。

「ひとを?」

矢五郎は警戒したようにきく。

「左の二の腕に竜の彫り物をしている遊び人ふうの男を探している」

剣一郎は矢五郎の顔を見つめた。

「その男が何か」

矢五郎は厳しい表情でさき返した。

「たいしたことではないが、ききたいことがあってな」

剣一郎はあっさり言い、

「どうだ、知らないか」

と、もう一度きいた。

「いえ、知りません」

矢五郎は首を横に振って、

「どうして、私に？」

と、きいた。

「じつは、竜の彫り物をした男がこの店に入って行くのを見たという者がいてな。ひょっとしたら、ここの客かもしれないと思ったのだ」

「そうでしたか。でも、私はお客さまに彫り物があるかどうかは気にしていませんので、わかりかねます」

「そうであろうな」

相手に調子を合わせて、

「もし、そういう男が来たら知らせてもらいたい」

と、剣一郎は頼んだ。

「わかりました」

「邪魔をした」

剣一郎はさっきから誰かに見つめられているような気がしていたが、正面の壁を見て、あっと思った。

そこに能面が飾ってあった。鋭い大きな目。かっと開かれた大きな口。鬼神の能面だ。

「まるで見つめられているようだ。さぞかし名のある能面師の作であろう」

剣一郎は能面の黒目を見つめながら言った。

「はい。たまたま手に入ったので」

矢五郎は答える。

「この壁の裏側は部屋か」

剣一郎はきく。

「ええ、まあ」

「神楽面は持っていないのか」

剣一郎は鋭くきく。

「神楽面……」

矢五郎はふいをつかれたようにあわてた。

「いや、よけいなことを」

剣一郎は編笠をかぶって亀沢町をあとにした。

竪川《たてかわ》を渡り、弥勒寺《みろくじ》の前を通って、小名木川《おなぎがわ》にかかる高橋《たかばし》に差しかかった。

折しも、大川《おおかわ》のほうからやってきた猪牙船《ちょきぶね》が橋の下をくぐり、再び姿を現わすと、前方に見える桟橋に着いた。

船から三十ぐらいの羽織姿の男と派手な身形《みなり》の女が下り、通りをはさんで向かいにある鰻《うなぎ》料理で有名な料理屋の『川端屋《かわばたや》』に入って行った。

剣一郎は男を目で追っていた。

確か、男の名は巳之助《みのすけ》だ。七年前まで芝界隈を根城にしていた地回りだった。

今は肥《ふと》って貫禄《かんろく》がついているが、当時は色白の優男《やさおとこ》だった。女に甘い言葉を囁《ささや》いてその気にさせて金を貢《みつ》がせる、そんな男だった。

剣一郎がはじめて巳之助を知ったのは芝の神明宮《しんめいぐう》の近くだった。

七年前のことだ。剣一郎が何かの聞き込みで神明町を訪れた帰り、神明宮の近くで喧嘩《けんか》だという声がした。

その声のほうに行くと、二十五、六歳の男が十八、九歳と思える男を殴り倒し、倒れたところに足蹴を入れていた。

「やめるんだ」

剣一郎はふたりの間に分け入った。

「こいつが俺を殺そうとしたんですぜ」

殴っていた男が倒れている男を見下ろして言う。倒れている男の手に匕首が握られていた。

剣一郎は倒れている男を起こして、ふたりから事情をきいた。

殴っていた男が巳之助で、若い男は佐吉《さきち》と言った。

「佐吉、殺そうとしたのはほんとうか」

剣一郎はきいた。

「姉さんの仇《かたき》を討とうとしたんだ」

口の中が切れて血を流しながら、佐吉が言った。

「どういうことだ？」

「姉さんはこいつに騙《だま》されて金を巻き上げられたあげく、捨てられたんだ」

「言いがかりだ」

巳之助は冷ややかに言う。

「好き合っていても、いつかは冷めるものだ」

「嘘《うそ》だ。最初から姉さんを騙すつもりで近づいたくせに」

佐吉は激しく訴えた。

「単なる心変わりだよ」

巳之助は口元を歪《ゆが》めた。

「違う。姉さんと付き合っているときも、他に女がいたじゃねえか」

「巳之助。黙っておれ。佐吉の言い分を聞く」

剣一郎は巳之助をたしなめ、

「佐吉、詳しく話してみろ」

と、促した。

「三年前、姉の里《さと》は神明宮前の茶屋で休んでいるときに巳之助に声をかけられて付き合い出したんです。姉は巳之助に夢中になって。姉には許嫁《いいなずけ》がいたのですが、そっちと縁を断って巳之助についていったんです。でも、金を巻き上げられて……。そして、巳之助は姉を捨て、『高樹屋《たかぎや》』の娘婿に」

「おいおい、おまえの姉だって許嫁を捨てているんだ。俺と同じだ」

「巳之助、黙っていろと言ったはずだ」

剣一郎は鋭く言う。

「で、姉御はどうした?」

「先月、川に飛び込んで……」

「亡くなったのか」

剣一郎はいたましげにきく。

「はい」

「それはなんとも……」

剣一郎はやりきれないように言い、

「佐吉。そなたの気持ちはわかるが、それだけでは巳之助がそなたの姉を殺したということにはならない」

「でも、はじめから所帯を持つ気もないのにその気にさせて、金まで出させて……」

「そなたの言いたいことはわかった」

剣一郎は言い、

「巳之助、そなたの言い分は？」

と、声をかけた。

「あっしはそのときは本気で付き合っていたんですぜ。金だって、お里が勝手に出してくれたんだ」

「嘘だ。姉はあんたに言われたと」

「佐吉。巳之助の話を聞くのだ」

「はい」

佐吉は俯いた。

「あっしはお里に正直に自分の気持ちを話し、別れを告げたんだ。出来たら、元の許嫁と縒《よ》りを戻してもらいたいとな」

佐吉は何か言いたそうだったが、唇を噛《か》みしめて耐えた。

そこに、定町廻り同心の友永亀次郎が駆けつけてきた。

「青柳さま」

亀次郎は意外そうに剣一郎を見た。

「たまたま通り掛かったのだ」

「そうですか。喧嘩だというので駆けつけてきました」

「とりあえず治まったが……」

佐吉の気持ちは治まらないだろう。このまま解放しても、またいつか巳之助を襲うかもしれない。

「巳之助。そなたは佐吉に刃物で襲われたと訴えるか」

剣一郎はきいた。

「下手すれば刺されていたんですからね」

「では、訴えるか」

「もう二度と襲ってこないっていうなら……」

剣一郎は佐吉に顔を向け、

「佐吉、このままでは気が済まないか。また、いつか襲うようになるか」

と、問いかける。

「この男を殺しても姉御が帰ってくるわけではない。そなたが死罪か島送りになるだけだ。無念だろうが、そなたは自分のことを考えて生きよ。姉御もそう望んでいるはずだ」

「はい、わかりました」

佐吉はうつろな表情で答えた。

「よし」

剣一郎は亀次郎に顔を向け、

「ふたりから事情を聞き、問題ないようだったらそのまま解き放ってもいい」

と、告げた。

ふたりは自身番で、亀次郎から改めて事情を聞かれ、その後、解放されたということだった。

その後、今日まで巳之助と佐吉には会うことなくきたが、久々に巳之助を遠目ながら見かけた。

あのとき、塩を商っている『高樹屋』に婿養子に入ったばかりだった。今は、『高樹屋』の若旦那の風格を漂わせていた。

しかし、連れている若い女は妻女ではない。女癖の悪さは直っていないのかもしれない。佐吉はどうしているだろうかと、ふと思った。

悲しみや怒りから立ち直って立派に生きていてくれていると信じながら、剣一郎は永代橋《えいたいばし》を渡り、霊岸島《れいがんじま》のほうから八丁堀《はっちょうぼり》に帰った。

四

その夜、八丁堀の屋敷の庭先に太助《たすけ》がやってきた。

幼くして母を亡くし、ひとりで生きてきた太助が寂《さび》しさから落ち込んでいるとき、剣一郎に励まされたことがあり、そのことを恩義に思っていた。ある縁から剣一郎の手先としても働くようになり、頻繁《ひんぱん》に屋敷にも顔を出している。

今では、青柳家の家族同然だった。妻女の多恵《たえ》は、一日でも太助が顔を出さないと気が休まらないのだ。

庭から居間に上がった太助に、

「夕餉《ゆうげ》はまだだろう」

と、剣一郎はきく。

「いえ、いただいてきました」

「そうか。早いな」

「猫を見つけた礼だと言って、お客さんの家で内儀《おかみ》さんに御馳走になってきました」

太助は猫の蚤取《のみと》りと逃げた飼い猫を探すことを生業《なりわい》にしている。猫探しは太助の得意技だ。猫の気持ちがわかるのだ。

「そこの家は猫を三匹も飼っているんですが、そのうちの一匹が特に旦那を嫌っているようなんです」

「嫌っているというのは？」

「なつかないだけでなく、旦那の顔を見ると、唸るそうです」

「どうして、そんなに嫌うのだ？」

剣一郎は不思議に思った。

「そこの旦那は道楽者でしてね。外に何人か女がいるようです。内儀さんは旦那のことは諦《あきら》めて、その代わり猫を可愛《かわい》がっているんです。きっと、その猫は内儀さんの気持ちがわかって、旦那を嫌っているんじゃないかと思うんです」

「猫にひとの気持ちがわかるのか。単にその猫と旦那の相性が悪いだけなのではないか」

剣一郎は首をひねった。

「旦那も嫌っているので、猫のほうも敏感に察しているんでしょうね」

「旦那は猫が嫌いなのか」

「ええ、内儀さんが可愛がっているので、よけいに面白くないのかもしれませんが」

太助は表情を強張《こわば》らせ、

「いなくなった猫ですが、あっしの勘では旦那が奉公人に命じて遠くに捨てさせたんじゃないかと思っています」

と、口にした。

「どうしてそう思うのだ?」

剣一郎は驚いてきく。

「猫を見つけて店に帰ったら、奉公人のひとりが猫を見て驚いた顔をしたんです。猫のほうもその奉公人に向かって、背中を丸めて唸り出しました。猫はその奉公人に恐怖を感じたのだと思います」

「その奉公人が捨てに行ったというのか」

「はい。猫もそれらしいことを言ってました」

太助は真顔で言う。

「猫が？」

「ええ、あっしににゃあにゃあ鳴いて訴えていました」

「そなたは猫が何を訴えているかわかるんだったな」

剣一郎は苦笑した。

「はい。内儀さんには話しませんでしたが、猫がいなくなったのは旦那の仕業《しわざ》にちがいありません」

「しかし、それだけでは旦那の仕業だと言い切ることは出来ぬ。大方の者は、猫の気持ちがわかるなど信じまい」

「はい」

「いずれにしても猫が見つかってよかった」

「ただ、また同じことをするんじゃないかと心配なんです。旦那の女道楽のせいで、夫婦仲は悪く、商売もうまくいっていないようですし……」

「太助。他人の家庭の事情を話すのはよいことではない」

剣一郎はたしなめた。

「すみません。ただ、猫を捨てに行かせたことが許せなくて。それに、内儀さんも可哀《かわい》そうで。あの旦那は婿養子だったくせに」

腹の虫が治まらないように、太助は言う。

「まあ、気分を直せ」

「へえ。そうそう、内儀さんから礼に塩をもらいました。赤穂《あこう》の塩です」

「ほう、赤穂の塩か。塩とは珍しいな」

剣一郎は呟《つぶや》く。

「商売物ですから」

「商売物？　塩屋か」

「そうです。神田鍛冶町《かんだかじちょう》にある『高樹屋』という塩屋です」

「なに、『高樹屋』とな」

鰻料理の『川端屋』に、若い女と連れ立って入っていった巳之助の姿が脳裏《のうり》を掠《かす》めた。

「そうか、『高樹屋』か」

偶然にしては不思議な縁だ。たまたま七年ぶりに見かけたと思ったら、太助もまた『高樹屋』に関わりを持っていた。

「青柳さま。『高樹屋』に何か」

太助が不思議そうにきいた。

「うむ。『高樹屋』の主人は巳之助という。じつは、その巳之助を昼間、偶然見かけたのだ」

小名木川沿いにある鰻料理の『川端屋』に入って行ったと話した。若い女を連れていたと言うと、太助は顔をしかめた。

「あっしが猫を『高樹屋』に連れて行ったころ、旦那は若い女と料理屋に……」

「そういうことになるな」

「でも、どうして『高樹屋』の旦那を知っているんですかえ」

太助は訝《いぶか》ってきいた。

「七年前にちょっとしたことで言葉を交わしたことがある」

「何があったんですかえ」

太助は興味を示した。

「巳之助は佐吉という男に襲われて、逆にやり返していた。そこにわしがたまたま通り掛かったのだ」

剣一郎はそのときのことを思いだしながら話した。

「じゃあ、あの旦那は昔から女を……」

太助は呆れたように言う。

「七年ぶりに見かけた巳之助には風格があった」

「内儀さんの話では、大旦那が三年前に亡くなって店の跡を継いでから、道楽が激しくなったそうです」

太助は怒りを隠さず、

「とんでもない男だったんですね」

と、吐《は》き捨てた。

「うむ。性根《しょうね》は変わらぬということか」

剣一郎は呟き、佐吉は今、どうしているのだろうかと思った。

あのあと、再び佐吉が巳之助を襲ったという話は聞かなかった。

「佐吉って男は今はどうしているんでしょうね」

太助も同じことを考えていた。

「当時で、十八、九だった。だから、今は二十五、六。太助と同い年ぐらいだ。まっとうに生きていると思うが」

剣一郎は姉の仇だと目をぎらつかせていた佐吉の顔を思い出した。

「探してみましょうか」

太助が思いついたように口にした。

「いや、探し当てたところで、なにすることも出来ぬ。それに、へたに『高樹屋』の主人の行状を知ることになったら、佐吉も穏やかな気持ちではいられなくなるかもしれない」

「そうですね」

「それより、太助に手伝ってもらいたいことがある」

「へい、なんでしょう」

太助は意気込んで言う。

「狐面の盗賊のことを知っているな」

「ええ、狐の神楽面をかぶっているんですよね。あっしの得意先の商家も襲われたんです」

太助は夢中になって、

「火盗改が警戒していても、それを嘲笑《あざわら》うように押込みを繰り返しているんですよね」

と、感嘆したように言う。

「そうか、世間はそのように見ているのか」

「神出鬼没の狐面という噂《うわさ》です」

太助は言ってから、

「狐面がどうかしたのですか」

と、きいた。

「じつはわしは狐面の盗賊の探索をするようになってな」

その経緯を話した。

「つまり、火盗改の尻を叩くのが狙いで青柳さまを探索に、ってわけですか」

太助は憤慨した。

「そんなことに青柳さまを使うなんて、ご老中は何を考えているんだ」

「まあ、怒るな」

剣一郎は太助をなだめ、

「この際、本気で狐面の盗賊を捕まえてやろうと思う」

と、意気込みを見せた。

火盗改の不正を追及する狙いがあるという剣一郎の考えはまだ口にせず、

「狐面の盗賊に押し入られた商家をまわったところ、火盗改も知らない事実があった」

「ほんとうですか」

太助は目をぎらつかせた。

「一味の中に、左の二の腕に竜の彫り物がある男がいた。その男かどうかまだわからないが、それらしき男が亀沢町の筆墨屋『一筆堂』に入っていくのを、被害に遭った商家の主人が偶然見かけたのだ」

「……」

太助は生唾《なまつば》を呑み込んだ。

「『一筆堂』の主人は矢五郎と言い、四十半ばの小柄な男だ。狐面の盗賊のかしらも小柄な男だったそうだ」

「じゃあ、その矢五郎が……」

「まだ、はっきりした証があるわけではないが、十分に考えられる。今日の昼間、『一筆堂』に行き、矢五郎に会って来た」

剣一郎は矢五郎の顔を思い浮かべ、

「引き締《し》まった顔の肝《きも》の据わった男だ。大将たる器の持ち主と見た。だが、今のままでは手は出せぬ」

「はい」

「もし、矢五郎が賊のかしらなら、手下と連絡をとる必要がある。その連絡をとっているのが竜の彫り物がある男ということは、十分に考えられる」

剣一郎は厳しい表情をして、

『『一筆堂』に目をつけておいてもらいたい。常に見張らずともよい。たまに『一筆堂』に注意を向けるだけでいい。常に見張っていたら、かえって疑われる」

「亀沢町には猫の蚤取りのお客さんがいますから、それとなく『一筆堂』を見張ることは出来ます」

「それは好都合だ」

剣一郎は口にし、

「『一筆堂』の店に入った正面の壁に鬼神の能面が飾ってある。その黒目の下に微かに穴があるようだ。そこから何者かが客の様子を窺っている気がする」

「何のために?」

「用心しているのだろう。ともかく、『一筆堂』には何かがある」

『一筆堂』の矢五郎が狐面の盗賊のおかしらだということは十分に考えられる。

そう思ったとき、ふいに屈託《くったく》が胸に広がり、剣一郎は思わず眉根を寄せた。

「青柳さま。どうかしましたか。何か問題が?」

太助が不審そうにきいた。

「いや、何の問題もない。順調過ぎるほど順調だ」

剣一郎は言い、

「が、逆にそれが怖い」

と、顎《あご》に手をやった。

「怖い？」

太助が不思議そうな顔をした。

「探索をはじめて、あっという間に『一筆堂』の矢五郎に辿《たど》り着いた。何者かに導かれたわけではない。たまたま、重要な証言があっさり得られたのだ。さらに、亀沢町に太助の得意先があるという」

「はい」

「出来すぎとは思わぬのか」

「確かに出来すぎのように思えますが、このことが何か」

「わしも長い間、事件の探索をしてきたが、探索も人生と同じだ。最初から最後まで順調にいくということはない。何度も壁にぶち当たる。順調にいっているときほど怖いのだ。何か先に落とし穴がある」

「……」

「この先このまま順調に行くはずはない。きっと試練が待ち構えている」

剣一郎は自分自身に言いきかせるように、

「よいか。心してかかれ」

と、忠告した。

「わかりました」

太助も気を引き締めて応じた。

そこに、多恵がやってきた。

「まあ、太助さん、来ていたの」

「はい」

「夕餉は？」

「食べました。お得意先で御馳走になってきたんです」

「そう。じゃあ、お酒を持ってきましょう」

多恵が部屋を出ていこうとするのを、

「多恵さま」

と、太助が呼び止めた。

太助は立ち上がって多恵のそばに行き、

「これ、お得意先からいただいたんです。どうぞ」

と、包みを差し出した。

「あら、赤穂の塩ね」

多恵はうれしそうに受け取った。

「それから、お酒より何か甘いものが」

太助がねだる。

「そういえば、羊羹《ようかん》をいただきました」

「羊羹なんてとんでもない。そんな高価なものでなくてお団子を……」

「なに言っているの。遠慮なんてやめなさいね」

多恵は諭《さと》すように言う。

「宇治茶《うじちゃ》もあったな」

剣一郎が口をいれる。

奉行所の与力になると、大名家や大店などから高価な付け届けがある。

「ええ、今、お持ちします」

「剣之助《けんのすけ》と志乃《しの》も呼ぼう。それから女中たちにも出してやれ」

「わかりました」

多恵が部屋を出て行くと、

「羊羹がいただけるなんて」

と、太助は舌なめずりした。

やがて、伜《せがれ》の剣之助と嫁の志乃もやって来て、いっしょに宇治茶で羊羹を食べた。

ふと、御徒目付《おかちめつけ》の高岡弥之助《たかおかやのすけ》に嫁《とつ》いだ娘のるいを思いだし目を細めていると、

「るいのことを考えているのですね」

と、多恵が小声で言った。

「いや、そうではない」

あわてて剣一郎は否定したが、改めて多恵の勘の鋭さに舌を巻いた。

翌日も、剣一郎は本所亀沢町に足を向けた。

『一筆堂』の店先に立った。店番をしていたのは、三十ぐらいの大柄な男だった。

「亭主の矢五郎は留守か」

剣一郎はきいた。

「はい。出かけています」

「何時ごろ戻るかわからぬか」

「はい」

「そなたは？」

剣一郎は男の顔を見つめた。鋭い目付きをしている。

「はい。番頭の勘蔵《かんぞう》です」

「そなたは矢五郎とは長いのか」

「三年前にこの店を開いたときからです」

「矢五郎が小田原にいたことは知っているのか」

剣一郎は鬼神面を見つめながらきいた。

「はい。そう聞いています」

「矢五郎はどんな男だ」

「情け深いお方です。自分のことだけでなく、私たちのような者にまで常に気を配って下さいます。旦那さまのおかげで今の私があります」

勘蔵は、矢五郎を立てるように言う。

「ところで、遊び人ふうの若い男がここに出入りしているようだが」

剣一郎は鎌《かま》をかけた。

「高価な筆を使いたいという若い男の方もいらっしゃいますので」

「そうか。また、出直そう」

「旦那さまにどんな御用で？」

勘蔵がきいた。

「いや、たいしたことではない。本人に直《じか》に話す」

「さいですか。青柳さまがこちらのほうにお出《い》でなのは、何かの探索でしょうか」

勘蔵は何かを探ろうとしてきいたようだ。

「まあ、そうだ」

「それはごくろうさまで。で、ここにはどうしてでございましょうか」

「左の二の腕に竜の彫り物がある男を探しているのだ」

「その男は何を？」

勘蔵の目が鈍《にぶ》く光った。

「まだ、その男がやったかもわからぬ。ともかく、話を聞きたいだけだ」

「でも、その男のことは旦那さまも知らないと思います」

「そうかな。昨日はそう言っていたが、わしは知っていると思っている」

「なぜでございますか」

「単なる勘だ。また出直す」

剣一郎は戸口に向かいかけて、ふと立ち止まって、振り返った。

「あの能面」

剣一郎は指さし、

「よほどの能面師の作と思う。なんという能面師か知っているか」

と、きいた。

「いえ、私は知りません」

勘蔵は首を横に振る。

「能面師を知りたい。あの能面の裏に銘《めい》があるやもしれぬ。ちょっと能面を見せてはもらえぬか」

剣一郎は要求した。

「旦那さまが大切になさっているものです。私が勝手に外すわけにはいきません。どうか、ご容赦《ようしゃ》を」

勘蔵はやんわりと断った。

「なるほど。もっともだ」

剣一郎は素直に言い、

「邪魔をした」

と声をかけ、改めて戸口に向かった。

背中に射るような強い視線を感じた。能面からだ。壁の向こう側から誰かがこっちを見ているようだ。

おそらく、矢五郎であろう。

やはり、何かある。狐面の盗賊の可能性は高い。問題はどうやってそれを証明するかだ。これが火盗改であれば、疑わしいだけで役宅にしょっぴき、拷問をしてでも口を割らせる。

だが、奉行所はそんな非道な真似《まね》は出来ない。ちゃんとした証拠があって、はじめてお縄に出来るのだ。

それに、剣一郎の狙いは狐面の盗賊の探索だけではない。狐面と火盗改のつながりを暴くことだった。

五

朝からの雨は昼過ぎから激しくなっていた。大川の流れは速く、小名木川も水《み》嵩《かさ》が増していた。

小名木川にかかる高橋の袂《たもと》に、『川端屋』という料理屋がある。ここで、火盗改天野剛之進配下の与力佐久間秀作は筆墨屋『一筆堂』の主人矢五郎と落ち合う。

といっても、別々の座敷に上がり、店の者に会わないようにして、矢五郎が佐久間のいる座敷にこっそりやってくるのだ。

佐久間は配下の同心野中丈太郎《のなかじょうたろう》といっしょであり、矢五郎は番頭の勘蔵を連れていた。

雨音で、部屋の中でも話し声が聞き取りにくい。

佐久間は話を聞き終えると、矢五郎を睨みつけるように見て、

「なんと言った？」

と、語気を荒らげた。

「お互い、もう引き際ではないかと。我らを探索しているのは火盗改だけではありません。町奉行所も懸命に追っています。特に、南町奉行所の青痣《あおあざ》与力が探索に乗り出したようです」

矢五郎は口にする。

「青痣与力か」

佐久間は顔をしかめた。

「そうです。与力なのに同心の探索に手を貸し、難事件を解決してきた手腕は鬼神のごとき」

矢五郎は厳しい顔で言う。

青痣与力こと青柳剣一郎は風烈廻り与力であるが、難事件には特命を受けて探索に乗り出す。

若いころに人質をとって立て籠もった浪人たちの中に単身で踏み込み、賊を倒して人質を救った。そのとき左頰に受けた傷が青痣で残ったが、それは正義と勇気の象徴と言われ、その後、数々の活躍から青柳剣一郎を人々は畏敬《いけい》の念を持って、青痣与力と呼ぶようになった。

だが、悪党にとって青痣与力は恐れる存在だった。

「私も青痣与力によって、何人もの名だたるおかしらが捕縛されていったのを見てきました。あと一、二回は押込みも成功するかもしれませんが、それもわかりません」

「青痣与力がなんだ、そなたの背後には火盗改の俺がついているのだ。恐れる必要はない」

佐久間は強気に出た。

「そう仰られても」

矢五郎は首を横に振り、

「どんな盗賊でも何年にも亘《わた》って働き続けられるものではありません。長くてもせいぜい二、三年がいいところでしょう。我ら狐面として盗みを働くようになってもう二年が過ぎました」

と、落ち着いて言う。

「まだ二年だ」

「佐久間さまとて、いつまでも狐面を捕まえられないとなると、怠慢《たいまん》の誹《そし》りは免《まぬが》れますまい」

「そんなこと、聞き流しておけばいい」

「そこそこ稼《かせ》ぎも出来ました。ここで潔《いさぎよ》く、狐面から退きましょう。そうすれば、いくら青痣与力とて我らには手を出せません」

「何を申すか」

佐久間は憤慨した。

「いえ、青痣与力が乗り出してきたからには、大事をとって自重すべきと」

「ばかな」

佐久間は叫ぶ。

「これを機に下の者にも足を洗わせます」

「勘蔵、おまえも同じ考えか」

佐久間は勘蔵を見た。

勘蔵は矢五郎に目をやってから頷いた。

矢五郎は懐《ふところ》から懐紙《かいし》に包んだものを取り出し、
と、佐久間の前に置いた。

「どうぞ、これを」

「なんだ、これは？」

「まあ、今までのお礼と言いますか」

佐久間はそれを摑んで顔色を変えた。

「佐久間さま。どうか、それで」

「ふざけるな。こんな端金《はしたがね》」

佐久間は放った。小判のかち合う音がした。

「何をなさいますか」

「ひとをおちょくる気か」

「おちょくるなど、めっそうもない」

「たかが十両で、俺との縁を断つというのか」

佐久間はいきり立ち、

「勝手に引退はさせぬ。引退するなら、この先、おまえが働けば得られたであろう金の分け前を払ってもらおう」

「ご冗談を」

矢五郎は冷笑を浮かべた。

「おまえが自由に稼ぐことが出来た恩を忘れたとは言わせぬ」

佐久間は鋭く言う。

「お言葉ではございますが、お互いさまでは」

矢五郎は言い返す。

「なんだと？」

佐久間は目を剝き、

「こっちがその気なら、おまえの首はとっくに獄門台《ごくもんだい》の上だった」

と、激しく言う。

「おまえたちはどうってことのない盗賊だった。それが、俺たちのおかげで大物の盗賊と見られるようになったのだぞ」

二年前、ここにいる野中丈太郎と密偵が麴町を巡回していたときに、偶然に質屋の『越後屋』から逃亡してきた盗賊一味を発見した。野中はその盗賊のおかしらのあとをつけ、密偵は役宅に知らせにきた。そして、佐久間は『越後屋』に駆けつけたのだ。

主人夫婦は猿ぐつわをかまされて縛られていた。被害は一千両だった。

野中が『越後屋』に戻ってきた。盗賊のおかしらの隠れ家を見つけたという。

佐久間は野中とふたりでその隠れ家に行った。

四谷《よつや》にある寺の離れの宿坊に逃げ込んでいた。応援を待とうとしたが、途中で手下と別れ、ここにいるのはおかしらともうひとりだけだった。

佐久間は野中とふたりで踏み込んだ。

「さあ、どうでしょうか。あのとき、佐久間さまははじめから我らが盗んだ一千両が目当てだったんじゃないですか。だから、百両ずつおふたりに渡すことで我らを見逃した」

矢五郎は口元を歪め、

「それからの腐れ縁。今戸《いまど》に妾《めかけ》を囲う生活が出来るのは誰のおかげでしょうか」

「…………」

佐久間は唸った。

「それとも、今からでも私を押込みのかしらとして捕まえますか。いいでしょう。そのときには、私は佐久間さまとの関わりを火盗改天野剛之進さまの前で洗いざらいお話しします」

「きさま」

佐久間は握った拳《こぶし》に力を込めた。

「今やめれば我らは安泰です」

矢五郎は落ち着いて言う。

「だめだ。やめるなら五百両だせ」

佐久間は迫った。

「五百両?」

「そうだ。おまえも言ったろう。あと一、二度は大丈夫だと。あと二度、大きく稼いで引退するのだ。その稼ぎから、俺に五百両。それで、引退を認めよう」

「ばかな。仮に二度成功したとしても、五百両など無茶です」

矢五郎は冷ややかに言い、

「それにあと一、二度と申したのは、うまくいったとしての話。あと一度という気持ちが命取りになりましょう」

「いつから、そんなに気が弱くなった?」

佐久間は吐き捨てる。

「歳《とし》のせいでしょう」

「いや、違う。まだ、おまえは動けるはずだ」

「佐久間さまは青痣与力の恐ろしさをおわかりではないようですな」

矢五郎は嘲笑《ちょうしょう》を浮かべた。

「佐久間さまたちがいつも奉行所より先に、被害に遭った商家に駆けつけているのに、一向に手掛かりをつかめない。このことに青痣与力なら目をつけましょう」

「…………」

「どうか、佐久間さまも夢から覚めていただけたらと思います」

これまで、一度の押込みを見逃す代わりに、矢五郎から五十両から百両を得てきた。その金で、妾に贅沢《ぜいたく》をさせてやれるのだ。

今後、その金がなくなれば、にっちもさっちもいかなくなる。

「矢五郎、おまえは青痣与力に目をつけられたわけではあるまい」

佐久間は顔をしかめてきく。

「左の二の腕に竜の彫り物がある男のことで、私の店に顔を出しました」

「なんだと、竜の彫り物の男？　平吉《へいきち》のことか」

「そうだと思います」

「押込み先で主人を縛り上げるとき、彫り物を見られていたのか。だが、どうしておまえのところに？」

「誰かが見ていたそうです」

「うむ」

「それから、筆を見ながら、いつから店をやっているのかときいてきました。そうそう、壁にかかった能面を見て、神楽面はないのかと」

「神楽面？」

「狐面のことを指しているのかとびくっとしました。とにかく薄気味悪い」

「しかし、それだけで狐面の盗賊の探索だとは思えぬが」

佐久間は胸がざわついた。

青痣与力が何もなく矢五郎の店に顔を出すだろうか。何か、矢五郎に目をつけられることがあったのではないか。

「おまえは派手に遊んでいるのではないか」

「いえ、そこそこです」

「ではなぜ青痣与力に目をつけられたのだ」

「いずれにしろ、今後、じっとしていれば付け入られる隙《すき》はないはずです。ですから、これで狐面の押込みは解散ということに」

矢五郎は言い切った。

狐面からの実入りがなくなると、佐久間は困る。妾に金をかけることが出来なくなる。

だが、それ以上に心配なのは、矢五郎が青痣与力に目をつけられたことだ。矢五郎は捕まったら、佐久間との関係を口にするだろう。

「おまえはこれから本格的に商売をやっていかずとも、稼いだ金で悠々自適《ゆうゆうじてき》に暮らせるのか」

「とんでもない」

「もう手下たちに分け前を与えたのか」

「いえ、これからです」

「そうか。じゃあ、まだおまえが持っているのか」

「ええ……」

矢五郎は不審そうな顔をした。

「俺との関係を手下には知られていないのだな」

「もちろんです」

ふと、矢五郎は立ち上がった。

「厠《かわや》に」

矢五郎は障子《しょうじ》を開けて廊下に出た。

雨は激しく降っている。

同席していた同心の野中丈太郎が、

「勘蔵。矢五郎は本気でやめるつもりのようだが、おまえはどうなんだ？」

と、きいた。

「どうって言いますと？」

「おまえも足を洗いたいのか」

野中が念を押してきく。

「おかしらには逆らえませんから」

勘蔵は言う。

「矢五郎にとって代わり、おまえが狐面を率いていく気はないか」

佐久間は声を殺してきいた。

「あっしがですか」

勘蔵は驚いたように言う。

「そうだ。おまえがおかしらになるのだ」

佐久間は勘蔵を睨み付ける。

「でも、おかしらが許すはずありません」

「しっ」

障子が開いて、矢五郎が戻ってきた。

佐久間たちは押し黙った。

「何だか妙な雰囲気が漂っていますね」

矢五郎が一同を見回し、何かを察したように言い、

「勘蔵、何かあったのか」

と、問い詰めるようにきく。

「なんにもありません」

「そんなはずない。俺が障子を開けたら急に口を噤《つぐ》んだんだ。いったい、何をこそこそ話していたんだ？」

「雨が激しいって話を……」

「勘蔵。誰がそんなことを信じると思っているんだ？」

矢五郎は吐き捨てるように言い、

「佐久間さま」

と、睨み付けた。

「まさか、勘蔵を焚《た》きつけ、よからぬ相談を」

「何を言うか」

佐久間は顔をしかめ、

「勘蔵の気持ちを聞いていただけだ」

と、言う。

「矢五郎」

野中が口を出した。

「そなた、青痣与力に目をつけられたことを心配していたな」

「ええ」

「目をつけられたとしたら、おまえだけではないのか。勘蔵は気づかれていないのではないか」

「どういうことですね」

「ただ、きいてみただけだ」

「なるほど」

矢五郎は口元を歪め、

「それで勘蔵をそそのかしていたんですね。これから私抜きで、狐面を続けていこうというわけですかえ」

と、勘蔵を睨みつけた。

「勘蔵、どうなんだ？」

「そんなこと」

勘蔵はあわてて否定する。

「そうだ、矢五郎。もう、おまえには引っ込んでもらう。あとは、勘蔵が狐面を引っ張っていく」

佐久間は口にした。

「そんなことさせませんぜ。狐面はもうおしまいだ。勘蔵、引き上げよう」

矢五郎は突き放すように言う。

「旦那」

勘蔵が厳しい目を矢五郎に向けた。

「ここで狐面をやめるのはもったいないですぜ。あっしは続けますぜ」

勘蔵が開き直った。

「勘蔵。足を洗うと約束したではないか」

矢五郎は怒りが込み上げてきて、勘蔵の襟首《えりくび》を摑み、

「やい、勘蔵、目を覚ますんだ。このまま続けたら、獄門台に首を晒《さら》すようになる」

佐久間は野中に目配せをした。

野中は立ち上がり、脇差を抜いた。

「矢五郎」

振り向いた矢五郎の心ノ臓に刃を突き刺した。

悲鳴は、雨音にかき消されていた。

第二章　脅迫状

一

　ふつか後、一昨日から降り続いた雨は止《や》み、朝から陽がさしていた。激しい雨で大川が増水し、水が小名木川に一気に流れ込んだ。川があふれ、小名木川周辺は水浸しになったが、ようやく水が引いてきた。

　だが、まだ小名木川の水の量は多く、交差する大横川《おおよこがわ》も増水していた。その大横川と小名木川が交わるところにかかる扇橋《おうぎばし》の橋脚に男の死体が引っ掛かっていたのを、棒手振《ぼてふ》りが見つけた。

　町役人たちによって引き上げられたが、長い間、水に浸《つ》かっていたようで、にわかに顔の判別がつかなかった。だが、通りかかった絵師ふうの男が、本所亀沢町の筆墨屋『一筆堂』の主人に似ていると言ったことから、身元がわかった。『一筆堂』の主人矢五郎だった。

心ノ臓に刺し傷があったことから、南町奉行所の定町廻《じょうまちまわ》り同心寺井松四郎《どうしんてらいまつしろう》が亡骸《なきがら》を検《あらた》めた。

剣一郎が矢五郎の死を知ったのは、その日の昼過ぎだった。

耳を疑った。矢五郎に死なれることはまったく想像さえしていなかった。剣一郎は同心の寺井を呼んで、経緯をきいた。

「死体を発見したのは棒手振りの男です。扇橋の橋脚に大きなゴミが引っ掛かっていると思ったらひとだと気づいて、自身番に届けたのです」

寺井は続けた。

「通りかかった絵師が『一筆堂』の主人に似ているというので、亀沢町の『一筆堂』に使いを走らせ、番頭の勘蔵に亡骸を検めさせました。勘蔵は主人の矢五郎だと認めました」

「矢五郎に何があったのだ？」

矢五郎に死なれて、剣一郎は無念の思いできいた。

「勘蔵の話では、矢五郎は一昨日の夕方、雨の中を出かけたそうです。行き先は言わなかったのですが、女のところだと思ったということです」

「女？　妾《めかけ》を囲っていたと？」

「いえ。後家《ごけ》さんのところに、ときたま出かけていると」

「後家か……。その後家が誰かわからないのか」

「知らないそうです」

「そうか」

剣一郎は気を取り直して、

「心ノ臓に刺し傷があったそうだな」

と、きいた。

「はい。深々と突き刺されていました」

「殺されたあと、川に捨てられたのか」

「はい」

「どこで刺されたかはわからないな」

剣一郎は確かめる。

「はい。わかりません。履物《はきもの》は履《は》いてませんでしたが、川に流されている間に脱げたとも考えられますので」

「ところで、亡骸はどこから流れてきたのか」

「大横川を竪川のほうから流され、扇橋の橋脚に引っ掛かったのではないかと。

出かけるときはいつも竪川を東のほうに歩いて行っていると、勘蔵が言ってましたので。竪川が大横川と交差する近辺に後家の家があったのかもしれません」

寺井は想像して言い、

「これから、矢五郎が訪ねていたという後家の家を探します」

と、意気込んでみせた。

「何か進展があったら知らせてくれ」

「はっ」

「それから、頼みがある」

剣一郎は続ける。

「矢五郎の通夜《つや》と葬儀の会葬者の身元を摑《つか》んでもらいたい。それと、左の二の腕に竜の彫り物がある若い男がいないか注意を払ってほしい」

「矢五郎に何か」

寺井がきいた。

「じつは、狐面《きつねめん》の盗賊に関わりがあるかもしれないと睨《にら》んでいた男なのだ。その男に死なれたことは返す返すも残念でならぬ」

「そうだったのですか」

寺井は驚いて言い、

「会葬者の中に一味の者がいるかもしれないのですね」

と、興奮して言った。

「はっきりした証《あかし》があったわけではない。わしの見方が間違っているかもしれない。だから、このことは表に出さずに、矢五郎殺しの探索を」

「わかりました」

寺井が下がったあと、剣一郎は大きく溜め息をついた。

矢五郎は大きな手掛かりだったのだ。矢五郎をきっかけに狐面の盗賊、そして火盗改との関わりまで一気に探索が進むと睨んでいた。

ここまであまりにも順調過ぎた。そのことにかえって一抹《いちまつ》の不安を持っていたが、それが的中してしまった。こういう形で落とし穴が待っていたのだ。

矢五郎に死なれたのは大きな痛手だ。

剣一郎は奉行所を出て、本所亀沢町に向かった。

半刻《はんとき》（一時間）余り後に、剣一郎は亀沢町の『一筆堂』にやってきた。

「これは青柳さま」

番頭の勘蔵が出てきた。

「まさか、こんなことになるとはな」

剣一郎は痛ましげに言い、

「線香を上げさせてもらいたい」

と、頼んだ。

矢五郎の亡骸はすでに返されていた。

「はい。どうぞ」

剣一郎は矢五郎が寝かされている部屋に通された。

頭の上に逆さ屛風《びょうぶ》で、矢五郎は北枕で白い布で顔を覆《おお》われて横たえられていた。枕元にある経机の上で線香が燃え尽きていた。

剣一郎は合掌《がっしょう》し、線香を上げ、勘蔵に断り、白い布を静かにとった。変わり果てた矢五郎の顔が目に飛び込んだ。

長い間水に浸かっていて顔は変形していたが、矢五郎だとわかった。

(矢五郎、何があったのだ?)

剣一郎は物言わぬ矢五郎に問いかけた。

(そなたが仮に狐面の盗賊のおかしらだったとしても、なぜかわかりあえるよう

な気がしていたのだ。これからじっくり付き合いを重ねていくうちに、そなたも心を開いてくれる。そんなふうに思っていたのだ）

剣一郎は矢五郎の顔を覗《のぞ》き込み、

（そなたを殺したのは誰だ？　狐面の件と関わりがあるのか、それともまったく別なことか）

と、きいた。

白い布をかけなおし、剣一郎はもう一度手を合わせた。

矢五郎の前から離れ、勘蔵と向き合った。

「矢五郎は一昨日の夕方の激しい雨の中を出かけて行ったのか」

剣一郎はきいた。

「はい。あの雨だから出かけたのかもしれません」

勘蔵は答える。

「というと？」

「同心の旦那《だんな》にも申しましたが、旦那さまはある後家さんに熱を上げていたんです。雨が激しくなって、川の水もあふれそうになっていたので、その後家さんのことが心配になったんだと思います」

「それで出かけたと？」

「そうだと思います」

「その後家の名はわからないのか」

「わかりません。教えてくれませんでしたから」

「後家だということは話したのか」

剣一郎は疑問を口にした。

「呑《の》んでいるとき、ぽろっと言ったんです。そのとき、いろいろきいたのですが、あとは口が堅くて」

「そうか」

剣一郎は勘蔵の目を見つめ、

「一昨日の夕方に出かけたまま、その夜は帰ってこなかったが、心配ではなかったのか」

「はい。雨が激しくなって川の水があふれたと聞きましたので、女の家から帰れなくなったんだろうと」

「昨日も帰ってこないのに、まだ心配ではなかったのか」

「はい。水が引かず、足止めをくっていると思ってました。ですから、今朝知らせをもらったときはびっくりしました」

「傷の具合から、矢五郎は一昨日の夕方以降に殺されたようだ」

「…………」

勘蔵は息を吞んだ。

剣一郎はきいた。

「なぜ矢五郎は殺されたと思うか」

「さあ、わかりません」

「矢五郎はひとから恨《うら》まれるようなことは?」

「いえ、それはありません」

勘蔵は暗い表情で答える。

「商売で何かもめごとがあったとか」

「いえ。ありません」

剣一郎はふと思いついて、

「店の正面の壁に飾ってある能面のことだが」

と、切り出した。

「矢五郎はいなくなった。面を見せてもらいたいのだが」

「面ですか」

勘蔵は渋った。

「どうした？　もはや矢五郎の許しを得る必要はないと思うが」

「ええ。じつはあの面の黒目の下が少しくり貫《ぬ》いてあって、裏側から店を覗いていたんです」

「やはりな。なんのためだ？」

「万引きにそなえて」

「万引き？」

「はい。高級な筆なので、万引きした者がどこかに持ち込んで金に換えているのでしょう。それで、旦那さまがあんな仕掛けをして万引きする者を捕まえようとしたのです」

「なるほど」

うまい言い訳を考えたものだ。ほんとうは、町方の者を警戒してのことではないかと思ったが、素直に言い分を受け入れた。

「青柳さまが仰《おつしや》っていた左の二の腕に竜の彫り物がある男は万引きをしようとしていたのかもしれません」

先日の剣一郎の質問に対してもっともらしい返答を出してきた。勘蔵が考えたことか、それとも誰かの入れ知恵か。

「ところで」

剣一郎は口調を変え、

「わしがここに来てから四半刻（三十分）以上経《た》つが、弔問客《ちようもん》はひとりもこないな」

と、きいた。

「さっきまで、近所の方が訪れてました」

勘蔵が答える。

「友人とか商売仲間とか、矢五郎と親しい者は？」

剣一郎はさらにきく。

「旦那さまは人づきあいが苦手で、誰とも親しくしていなかったのです。ですから、私も旦那さまの親しいひとを知りません」

「矢五郎が人づきあいが苦手とは思えないが？」

「面倒な関わりは避けていたようです」

勘蔵は明快に答える。

以前と雰囲気が違う。先日は矢五郎の後ろにいて、決して出しゃばらない。そんな感じだったが、今は自信に満ちた受け答えだ。

「今夜の通夜にもあまりひとは来ないのか」

「私と小僧、それに近所の方だけで」

勘蔵はわざとらしく沈んだ声で言った。

もし、矢五郎が狐面の盗賊のおかしらなら、手下が大勢いるはずだ。だが、剣一郎に目をつけられていると察して、勘蔵は手下に『一筆堂』に寄りつかないように伝えているのではないか。

その夜、剣一郎は再び『一筆堂』の近くまでやってきた。僧侶の読経《どきよう》の声が聞こえてきた。

『一筆堂』の出入口を見張っていた同心の寺井松四郎に声をかけた。

「どうだ?」

「通夜の客は近所の者と、同業の者らしい男がふたり。それだけです」

「後家らしい女は現われていないのだな」

剣一郎は確かめる。

「ええ、姿を見せません。世間体を考えてのことでしょうか」

「あるいは、はじめから後家などいなかったか」

「えっ？」

「いや」

剣一郎は首を横に振り、

「通夜を見張っていても何も手掛かりは得られないかもしれない」

と、呟《つぶや》いた。

翌日の弔《とむら》いも寂《さび》しいもので、野辺《のべ》送りも僅《わず》かな人数で押上村《おしあげむら》にある寺の墓地に行った。

剣一郎は少し離れて野辺送りの一行のあとをついて行った。

押上村に入ったとき、木立の陰に人影を見た。数人の男が野辺送りの一行を見送っていた。

剣一郎はその木立まで走ったが、すでに男たちの姿はなかった。

二

数日後、剣一郎は与力《よりき》部屋に寺井松四郎を呼んだ。

「その後、どうだ？」

剣一郎は矢五郎が付き合っていたという後家のことをきいた。

「竪川周辺の町家に聞き込みをかけましたが、独り暮らしの後家はいまだに見つかりません。矢五郎を見かけた者もいないので、竪川周辺ではないと考え、今は大横川周辺の町家に対象を広げています」

寺井はさらに、

「大横川ではなく小名木川を流れてきたとも考えられるので、そっちのほうにも聞き込みをするつもりですが」

と言って、言葉を切った。

「青柳さま。ほんとうに、勘蔵が言うような後家が矢五郎にいたのでしょうか」

間をとってから、寺井は口にした。

「最近、勘蔵はすっかり『一筆堂』の主人気取りでおります」

「確かに、勘蔵は矢五郎がいなくなってから人が変わったように思える。自信に満ちた態度だ。押さえつけられていたものから解き放たれたようにな。だが」

剣一郎は続ける。

「勘蔵が矢五郎に取って代わりたいという野心があったとは思えないのだ」

本性を隠していたのかもしれないが、矢五郎が生きている間は、矢五郎に従順だった。忠誠を尽くしているといってもいい。そんな勘蔵が矢五郎を殺そうとしたとは考えにくい。

「つまり、矢五郎がいなくなって、勘蔵は目覚めたように思える」

剣一郎は言ったあとで、

「しかし、矢五郎の死に関して、ほんとうのことを話しているのかどうか」

と、疑問を口にした。

「そなたの言うように、後家のことが嘘《うそ》だとしたら、勘蔵は矢五郎を殺した下手人《げしゅにん》を庇《かば》っていることになる。つまり、下手人は勘蔵の身近にいる者だ」

剣一郎は言い切った。

「青柳さまは、矢五郎と狐面の盗賊の関わりを疑っていましたが、狐面の一味の中で何かが起こって」

寺井が推《お》し量《はか》って言う。

「それも十分に考えられる。いや、後家の件は勘蔵の作り話とみたほうがいいかもしれぬな」

「もし、狐面の盗賊と関わっていたとすると、勘蔵も当然、一味ということに？」

「そうだ。矢五郎の右腕だったのではないか」

剣一郎は厳しい顔をして、

「だとすると、勘蔵が狐面の盗賊の新たなおかしらということになる」

と、言いきった。

「一味の者は矢五郎が殺されたことを何とも思っていないのでしょうか。勘蔵みたいに割り切っているのでしょうか」

「いや、矢五郎は手下全員から嫌われていたとは思えない。矢五郎を慕《した》っていた者もいよう」

剣一郎は矢五郎の人となりを想像して言い、

「弔いの参列者に一味の者がいなかったのは、勘蔵が近づかないように注意をしたからに違いない」

と、付け加えた。

野辺送りの一行が押上村に入ったとき、木立の陰から数人の男が一行を見送っていた。矢五郎の手下たちではないかと、剣一郎は思っている。ほとぼりが冷めたころ、手下の中には矢五郎の墓に手を合わせに行く者がいるかもしれない。

剣一郎はそのことを寺井に言い、ときたま矢五郎の墓を見まわるように伝えた。

昼過ぎに、剣一郎は亀沢町の『一筆堂』を訪ねた。

店に入ると、筆の品数が増え、高級なものだけでなく、手頃な値の筆も揃っていた。筆だけでなく、硯《すずり》も置いてあった。

「これは青柳さま」

勘蔵はいかにも主人らしい堂々とした態度で応対する。

「ずいぶん、品数が増えたな」

剣一郎はきいた。

「はい。これからは町のひとにも気軽に来ていただけるようにと、品数を増やしました」

勘蔵は微笑《ほほえ》んだ。

「矢五郎はどう見ているかな」

「喜んでくださっているはずです。というのも、旦那さまも常々仰っていたこと

ですので」

「そうか。おや、新しい奉公人か」

剣一郎は奥から出てきた若い男に目をやった。

「はい。商売を広げるに当たり、ふたり雇《やと》い入れました」

若い男は剣一郎に軽く会釈《えしゃく》をした。顎《あご》が尖《とが》って鋭い顔つきの男だ。

「青柳さま」

急に、勘蔵は顔をしかめ、

「旦那さまを殺した下手人はまだ見つからないのでしょうか」

と、きいた。

「まだだ」

「そうですか」

勘蔵は残念そうに言う。

「矢五郎がつきあっていた後家も見つからないのだ」

「そうなのですね」

勘蔵は首を傾げる。

「後家のことは矢五郎から聞いたのだったな」

「はい。呑んでいるときに」

「ほんとうに後家がいたのだろうか」

剣一郎は勘蔵の顔色を窺《うかが》う。

「そうですね。まさか、旦那さまが偽《いつわ》りを……」

勘蔵はわざとらしく顔をしかめた。

矢五郎が生きているときは、このような芸当など出来る男には思えなかった。

「やはり、その立場がひとを作るものだな」

剣一郎は思わず呟く。

「何でございますか」

勘蔵はきき返す。

「いや、なんでもない。ところで」

剣一郎は正面の壁に目をやり、

「能面はどうしたのだ？」

と、きいた。

鬼神面はかかっていなかった。

「旦那さまがいなくなったのではずしました」

「そうか」

「じつは『一筆堂』という屋号も変えようかと思っております。旦那さまは高級な筆だけを置いていましたが、ご覧《らん》のように私は筆の種類もふやし、硯や紙なども充実させていこうと思っております。屋号にそぐわなくなっていますので」

「新しく店も生まれ変わるか」

剣一郎は困惑しながら呟いた。

「はい。どんどん店を大きくしていきたいと思っています」

勘蔵は意気込んでみせた。

本気だと、剣一郎は思った。

「わかった。邪魔をしたな」

剣一郎は土間を出た。

『一筆堂』から離れ、角を曲がったとき、

「青柳さま」

と、声をかけられた。

「太助か」

ふたりは竪川を越えた。

弥勒寺前の賑《にぎ》わいを過ぎ、人通りが少なくなると、太助が口を開いた。

「左の二の腕に彫り物がある男のことを聞き回っていたら、『一筆堂』の数軒先にある下駄屋の主人から妙な話を聞きました」

「妙な話？」

「はい。毎日何度か『一筆堂』の前を行きすぎるけど、『一筆堂』に客が入って行くのを見たことがないと言ってました」

「なるほどな」

「それから、いつもは朝早くから開いているのに、ごくたまに昼過ぎに店を開けていたというのです」

押込みのあった次の日のことかもしれないと、剣一郎は思った。

「高級な筆だけを置いていたのは、客を寄せつけないようにしていたのだろう」

やはり、『一筆堂』は狐面の盗賊の隠れ蓑《みの》だったと改めて思ったが、剣一郎はまたも困惑した。

勘蔵は商売を本格的にはじめようとしている。矢五郎亡きあと、勘蔵が一味を率いて狐面の盗賊を続けるのではないかと睨んでいたが、どうやらそうではないようだ。

勘蔵は矢五郎を殺した下手人を知っている。一味の者がおかしらを殺したのか。だとしたら、勘蔵も共犯かもしれない。

それより、このことに火盗改が絡《から》んでいるのかどうか。

いずれにしろ、事態が変わっていた。剣一郎が困惑したのは、勘蔵が『一筆堂』を本気で大きくしていこうとしていることだ。

つまり、狐面の盗賊は解散したのではないか。二度と狐面は押込みをしない。動きがなければ、探索のしようがなくなるのだ。

勘蔵を追っても、狐面の盗賊の動きはつかめないだろう。

「それから、下駄屋の主人は、一度回向院《えこういん》の境内《けいだい》で、矢五郎が遊び人ふうの男とひそひそ話しているのを見たことがあったそうです」

「遊び人ふうの男？　彫り物のある男だろうか」

剣一郎はすぐ打ち消した。彫り物のある男なら、わざわざ回向院の境内で会う必要はない。『一筆堂』を訪れればいいのだ。

他の一味の者か。しかし、手下と回向院の境内で会うだろうか。

「主人は遊び人ふうの男の特徴を覚えていないだろうな」

「ええ、ききましたが、覚えていないと。ただ」

太助が続けた。

「その遊び人ふうの男は、矢五郎と別れたあとに侍と会っていたそうです」

「侍？」

「羽織姿の大柄な侍だったそうです」

剣一郎は火盗改の与力か同心ではないかと、とっさに考えた。遊び人ふうの男は火盗改が使っている密偵ではないか。

その密偵を介して、火盗改と矢五郎はつながっていたとも考えられる。

矢五郎はその密偵に次の押込みの日時と場所を伝えていた……。いや、逆かもしれない。火盗改の与力が密偵を介して、矢五郎に次の押込みの指示を与えていたのかもしれない。

忍び込みやすい商家や奉行所の見廻り状況などを調べ上げ、押込みの場所と日時を決めていたのではないか。

だが、もはやそれを調べることは出来ない。

「難しくなった」

剣一郎は思わず呟いた。

「難しいとは何がですか」

太助がきいた。

「狐面の盗賊は解散したようだ」

「えっ、解散？」

太助は驚いてきき返した。

「うむ」

剣一郎は事情を話した。

「そうですか」

太助も溜め息をついた。

「望みは矢五郎殺しだが、殺されたのがあの雨の日だ。目撃した者が誰もいないのだ。なぜ、あの雨の日に矢五郎は出かけたのか」

「番頭の勘蔵が嘘をついているんじゃありませんか」

　太助が言う。

「そうだ。勘蔵は嘘をついている。だが、嘘だという証がない」

「勘蔵が殺したってことはないんですか」

「いや、殺したのは勘蔵とは思えない。だが、勘蔵は下手人を知っている」

　剣一郎は言い切った。

「なぜ、下手人を庇うんでしょうか」

「下手人が捕まれば、自分も不利な状況になる。狐面の盗賊の一味だということがわかってしまうからだろう」

「問い詰めてもだめですか」

　太助は強い口調になった。

「勘蔵は見かけによらず、したたかだ。問い質《ただ》してもまともには答えまい。下手人を知っているという証があれば、大番屋《おおばんや》に連行して取調べも出来るが……。これが火盗改なら強引にしょっぴいて、拷問《ごうもん》にかけてでも口を割らすだろうが」

　だが、その火盗改が狐面の盗賊とつながっているのだ。

「ともかく、これからの探索について練り直さねばならない」

剣一郎は呟くように言う。

小名木川に差しかかった。高橋を渡る。

料理屋の『川端屋』の前にある船着場に猪牙船《ちょきぶね》が着き、若旦那ふうの男と若い女が下りた。

巳之助を見かけたときのことを思いだしながら川沿いに右に折れようとしたとき、ふいに目の前に狐面が現われた。それも三人だ。

剣一郎が呆気《あっけ》にとられていると、狐面はきゃあきゃあ言いながら脇をすり抜けて行った。子どもが面をかぶっていた。

「太助」

剣一郎は声をかけた。

「はい」

太助はすぐに子どもたちを追った。

剣一郎も向かうと、海辺大工町《うみべだいくちょう》の木戸番屋の前辺りで太助が子どもたちと話していた。剣一郎は近づいた。

「青柳さま。この面は拾ったそうです」

太助が言う。

剣一郎は面をかぶった男の子に、

「どこで拾ったのだね」

と、きいた。

「霊巌寺《れいがんじ》だよ」

男の子が答える。

「境内で遊んでいたら、男のひとが紙に包んだものを植込みの近くに捨てたんだ。男の人がいなくなって拾ったら、狐のお面だったたんだ」

「三つか」

「そう、三つ」

「いつのことだ？」

「一昨日」

「見せてもらえないか」

「おいらたちが拾ったんだ」

「取り上げようと言うんじゃないさ。見せてもらうだけだ」

太助がやさしく言う。

男の子は素直に頷き、面を外した。七、八歳のあどけない顔が現われた。

剣一郎は面を受け取った。

ためつすがめつ眺めた。ふつうにある狐面だ。面の裏の汚れが目立つ。狐面の盗賊がかぶっていたものかどうかわからないが、気になった。

「捨てたのはどんな男のひとだった？」

剣一郎はきいた。

「顎が尖っていた」

別の男の子が言う。

「顎が尖って……」

とっさに浮かんだのは『一筆堂』に新しく入った奉公人だ。

もちろん、勝手な想像でしかない。

「その男のひとをもう一度見ればわかるか」

剣一郎は三人の顔を見回してきいた。

「わかるかな」

男の子は自信なさそうに小首を傾げた。

「返しておくれ」

男の子が手を出した。

「この面は誰が使ったかわからない。ほれ、ここも汚れている」

剣一郎は面の裏の汚れを見せ、

「これをかぶっていたら病気になるかもしれない」

と、注意をし、

「どうだ、おじさんが新しいお面を買ってあげるからこれをくれないか。新しいのと交換だ」

「ほんとう？」

「ほんとうだ」

「じゃあ、いいよ。でも、新しいお面を持っていたら、おっかさんに叱《しか》られる」

「だいじょうぶだ。ちゃんとおっかさんにわけを話してやる」

「わかった」

男の子たちは面を三つ、剣一郎に寄越《よこ》した。

「太助、すまないが、お面を買い、この子たちの親にわけを」

「わかりました。さあ、お面を買いに行こう」

太助は子どもたちに言った。

剣一郎は面を持って、奉行所に戻った。

三

その日の暮六つ（午後六時）過ぎ。

火盗改天野剛之進配下の与力佐久間秀作は、今戸のおつなの家の前で立ち止まり、振り返った。鋭く辺りに目を凝らしたが、怪しい人影はなく、佐久間は安心して格子戸《こうしど》を開けた。

奥から、おつなが出てきた。

「いらっしゃい。寂しかったわ」

いつもの甘えを含んだ声が耳に心地よい。

「ここのところ、いろいろあってな」

佐久間は懐《ふところ》から包みを出した。

「寂しい思いをさせたお詫《わ》びだ」

佐久間は包みを渡した。

「まあ。こんなに」

「五十両だ」

「うれしいわ。ありがとう」

おつなははしゃいだ。

「うむ」

矢五郎が隠し持っていた金を勘蔵が見つけ出し、その中から五百両を佐久間が手にし、五十両を同心の野中に、十両を密偵の銀次《ぎんじ》に与えた。

おつなの手を借りて浴衣に着替えながら、佐久間はこれで狐面の盗賊ともお別れだとほくそ笑んだ。

矢五郎が狐面の盗賊から足を洗いたいと言い出したとき、その条件に五百両を要求した。そのとき、矢五郎は突っぱねたが、その五百両が手に入った。これからは、危ない橋を渡らずに済む。

火盗改は御先手頭《おさきてがしら》から選ばれる。御先手組は弓組と鉄砲組に分かれており、佐久間は御先手弓組の与力であった。

平常の勤めは平川口御門、下梅林御門などの警備に当たっているが、三年前に組頭の天野剛之進が火盗改に任じられ、配下の与力十人、同心三十人が火盗改として働くようになったのだ。

佐久間は拝領の組屋敷に住んでいて、下僕と女中を雇っているが、三十を過ぎても嫁をもらうあてもなく過ごしてきた。

そして、火盗改の与力として働きだしたとき、佐久間は神田明神《かんだみようじん》境内にある料理屋の女中のおつなと出会ったのだ。細身に青白い顔で、白い項《うなじ》が眩《まばゆ》く、どこか艶《なまめ》かしい。佐久間はたちまち心を奪われた。

何度か通ううちに親しくなった。だが、おつなには病気の母親がいて、暮らしは厳しかった。そこに付け込んで、客で来ていた商家の旦那が金にものを言わせて、おつなを妾にしようとしていた。

だが、佐久間は金貸しから借金をし、おつなを助け出した。そうやっておつなと親しくなったものの、借金の額だけが膨《ふく》らんでいった。

そんなときに、狐面の盗賊に出会ったのだ。

佐久間は長火鉢の前に座り、おつなが燗《かん》をつけてくれた酒を呑む。このときが、一番の至福のときだ。

おつなと差しつ差されつ、佐久間はいい気持ちになっていた。

「おまえさん」

おつなが佐久間の膝《ひざ》に手をおいて呼んだ。

最初は佐久間さまと呼んでいたが、いまではおまえさんと呼び掛けてくる。

「なんだな」

佐久間はおつなの手を握る。

「そろそろ向こうに」

おつなの目が潤《うる》んでいた。

「よし」

佐久間は杯を空《あ》けて立ち上がった。

寝間に向かいかけたとき、格子戸を叩《たた》く音がした。

「誰だ、今頃」

佐久間は露骨に顔を歪《ゆが》めた。

羽織を引っかけ、おつなが出て行く。

佐久間もあとについて様子を窺う。

「どなただえ」

おつなが声をかけた。

「野中です。佐久間さまに火急に」

「野中？」

佐久間はたちまち胸が騒いだ。

この家のことを知っているのは野中だけだ。だが、よほどのことがない限り、ここに顔を出すなと言ってある。

「俺が出る」

佐久間は土間に下り、鍵《かぎ》を外して戸を開けた。

野中が強張《こわば》った顔で立っていた。

「何かあったのか」

「はい」

「よし、入れ」

「出来たら外で」

おつなに聞かれたくない話だ。

「奥の部屋ならだいじょうぶだ」

佐久間は野中を奥に案内し、

「少し大事な話がある」

と、おつなに言い、奥の部屋に入った。

向かい合うなり、

「何があったのだ？」

と、佐久間はきいた。

「じつは、こんなものが」

野中は文《ふみ》を寄越した。

「なんだこれは？」

「役宅に届きました。佐久間さま宛てでしたが、差出人が矢五郎となっていたので、失礼かと思いましたが気になって開封してしまいました」

「矢五郎？」

「ともかく、中を」

野中は促《うなが》す。

佐久間は文を広げた。

読み出すや、顔色が変わるのが自分でもわかった。

「ばかな……」

佐久間は目を剝《む》いた。

佐久間秀作どの。『川端屋』の離れの部屋で『一筆堂』の主人を殺し、小名木川に捨てたこと、黙っていて欲しければ五百両を用意せよ。また、連絡する。

脅迫状だった。

「誰か見ていた者がいたんです」

野中は声を震わせた。

「誰に見られたのだ？」

佐久間はうろたえながら、

「まさか、勘蔵が？」

と、口走った。

「矢五郎が持っていた金の半分をこっちがとった。そのことが不満で、金を取り返そうとして」

「確かに勘蔵は不満を抱《いだ》いているかもしれません。でも、自分だって同罪ですから、訴えることなど出来ません」

「勘蔵ではないと？」

「ええ。それに矢五郎が死んだおかげで『一筆堂』の主人になったんです。我らを裏切るはずはありません」

「うむ」

佐久間は唸《うな》ってから、

「『川端屋』の者か」

と、推し量った。

「離れの客ということも考えられます」

「客か」

「内庭をはさんで向かいに二部屋あります」

「あの日は雨が激しく降っていて見通しが悪かった。その客は気づくだろうか」

「そうですね」

「もしかしたら、殺しを見たわけではなく、矢五郎が俺たちの部屋に入るのを見ただけかもしれぬ。矢五郎の死体が見つかったので、そのように思った。この文の主《ぬし》の言いなりになったら、罪を認めたことになる。いたずらとして無視をするのがいいかもしれぬ」

佐久間は自分自身に言いきかせるように言い、

「ただ、誰の仕業《しわざ》か突き止めたい」

佐久間は憤然《ふんぜん》とし、

「明日の朝、『川端屋』の女将《おかみ》にきいてみる。離れの客が誰か調べるんだ」

「はい」

「ところで、この文を持ち込んだのはどんな人間だ？」

「年老いた男だったそうです」

「年老いた男？」

「門番に、届けるように頼まれたと言っていたそうです。誰に頼まれたかは門番はきいていません」

「その年寄りも見つけるのだ」

佐久間は命じた。

「では、私はこれで」

「ごくろうだった」

野中が引き上げたあと、佐久間は居間に戻った。

おつなはしらけたように煙管《きせる》をくわえていた。

「すまない。せっかくのところに」

佐久間は謝った。

「呑み直しましょうか」

おつなが言う。

「いや」

佐久間は文の内容が気になって、じっとしていられなかった。

「おつな。すまないが今夜はこれで帰る」

「えっ」

おつなは顔色を変えた。

「仕事で急用が出来たのだ。この埋め合わせはちゃんとする」

「わかりました」

おつなは大きく溜め息をつき、

「その代わり、欲しいものがあるの。友禅の着物よ。いいかしら」

と、鼻にかかった声をだした。

「わかった。買っていい」

「おまえさん、すみません」

色っぽい仕種《しぐさ》で、おつなは礼を言った。

佐久間は小川町にある役宅に戻った。

野中が出てきた。

「誰も文のことに気づいていません」

「よし」

必ず脅迫者を暴いてやると、佐久間は怒りを抑えながら口にした。

翌朝、佐久間と野中は小名木川にかかる高橋の近くにある『川端屋』にやってきた。

まだ、店はあいていない。女中が土間を掃除していた。

「これは佐久間さまに野中さま」

女将が出てきた。

「ちょっとききたい」

佐久間は切り出した。

「我らがきた雨が激しく降った日のことだ」

「はい。その節はありがとうございます」

女将は礼を言う。

「その日、離れの座敷は全部埋まっていたな」

「はい」

女将は不審そうに答える。

「他の部屋の客の名を知りたい」

「お客さまの名ですか」

「そうだ」

「でも……」

「でも、なんだ？」

「隠れてお出《い》での方もいらっしゃいますので」

「役儀できいているのだ」

野中が脇から怒鳴《どな》るように言う。

「話せないならいい。これから門のところで、やってくる客ひとりひとりに、その日離れを利用したかをきくことにする」

野中は脅《おど》した。

「そんなことされたら、お客さまが寄りつかなくなってしまいます」

女将は眉根《まゆね》を寄せた。

「なら、教えるのだ。こっちはどっちでもいい」

野中は迫る。

「女将、このことは言いたくなかったのだが、じつは昨日役宅に駆け込んできた男がいた。自分の知り合いが殺しを頼まれたと打ち明けた。その相手は雨の日に離れにいた客だそうだ」

「殺し……」

女将は息を呑んだ。

「そうだ。だから、何としてでも客の名を知らなければならないのだ。もし、このまま殺されることがあったら、女将も寝覚めが悪いだろう。そなたが口にしなければ助けられた命を見殺しに……」

「ちょっとお待ちください」

女将は帳場に行って、しばらくして戻ってきた。

「わかりました」

女将は紙に名前を書いてきた。

「ごくろう」

佐久間は受け取った。

そこには『一筆堂』の矢五郎の名も書いてあったが、これは関係ない。残りの二部屋の客だ。

一組は『高樹屋』の巳之助他一名。もう一組は『長崎屋《ながさきや》』の重助《しげすけ》他一名となっていた。

「この『高樹屋』はどこにある？」

「神田鍛冶町《かじちょう》だそうです。塩屋です」

「他一名というのは？」

「女のひとです」

「なるほど。女を連れ込んでいたのか」

佐久間は冷笑を浮かべ、

「『長崎屋』は？」

「口入《くちい》れ屋です。確か、佐賀町《さがちょう》にあります」

「重助は主人だな。こっちも女連れか」

「はい」

「よし、わかった」

佐久間は言ってから、

「火盗改が調べていたことは内密にな」

わざと、火盗改と口にすることで、威圧して口封じを図った。

「わかりました」

女将は硬い表情で答えた。

佐久間と野中は『川端屋』を出て、小名木川沿いを佐賀町に向かった。

口入れ屋の『長崎屋』は間口の狭い古い建物だった。

仕事が見つからなかったのか、不機嫌そうに浪人が出てきた。

浪人とすれ違い、遊び人ふうの男が暖簾《のれん》をくぐった。佐久間は戸口の陰から中を覗く。

文机《ふづくえ》を前に小肥《こぶと》りの三十半ばの男が座っていて、遊び人ふうの男と向き合っている。

三十半ばの男が重助か。団子鼻で唇が厚い。

佐久間はその場を離れた。代わって、野中が中を見た。

すぐ野中が近寄ってきて、

「あの男が重助のようですね」

と、口にした。

「そうだろう」

佐久間は応じ、

「銀次に調べさせよう」

「命じておきます」

野中が答えたとき、さっきの遊び人ふうの男が『長崎屋』から出てきた。少し、憤然としているようだ。

佐久間は目配せした。

真意を察したように、野中は遊び人ふうの男のあとを追い、

「ちょっと待ってもらいたい」

と、声をかけた。

男は立ち止まった。

「今、『長崎屋』から出てきたな」

野中がきく。

男は佐久間と野中の顔を交互に見て、

「へえ」

と、警戒ぎみに答えた。

「仕事は見つかったか」

「いえ、だめでした。けちな仕事ばかりで」

「どんな仕事を求めているんだ？」

「へえ、どこか武家屋敷に奉公を、と思いまして」

「『長崎屋』を使うのははじめてか」

「そうです。でも、もう、来ません」

「どうしてだ？」

「主人が横柄で、ひとを見下す態度に腹が立って」

「どんなことを言われたのだ？」

「小普請《こぶしん》の武家屋敷の下男の仕事があると言うので、出来たら中間《ちゆうげん》のほうが望みだと話すと、急に怒りだして、おまえさん程度の男は下男で十分だと」

「そうか、それはひどいな」

野中は言い、

「で、これからどうするんだ？」

と、きいた。

「別の口入れ屋を当たります」

「そうか。呼び止めてすまなかった」

「へえ」

遊び人ふうの男は去っていった。

「重助はだいぶ不遜《ふそん》な男のようだな」

重助は火盗改を強請《ゆす》るだけの度胸がありそうだと、佐久間は思った。

四

剣一郎は、与力部屋の文机の上に並べた狐面を見ながら考えた。

面の裏には、ひとの顔に浮いた脂《あぶら》や汗などが染みついている。これが狐面の盗賊がつけていた面だという証はないが、状況からして間違いないように思える。捨てたのは勘蔵の指示を受けた奉公人であろう。やはり、狐面の盗賊は解散したと思っていいようだ。

ふと、剣一郎は疑問を持った。

これが狐面の盗賊のものだとしたら、なぜ霊巌寺の境内に捨てたのか。燃やしてしまったほうが、証拠の隠滅《いんめつ》を図れたはずだ。

いや、この面があったからといって、狐面の盗賊を追及出来るわけではない。

そう思ったとき、はっとした。

まさかと、剣一郎は思わず口にだした。

この面をわざとひとの目に触れるように置いたのではないか。剣一郎に届くことを期待して。

つまり、狐面の盗賊は解散したという宣言ではないか。

剣一郎が『一筆堂』に顔を出したのは狐面の盗賊の探索のためだと、勘蔵は気づいている。その上で、剣一郎に狐面の解散を知らせようとしたのだ。

もはや、狐面の盗賊の追及は絶対に出来ないという自信が勘蔵にはあるのだ。

その自信の背景には、自分たちには火盗改がついていたということと、解散と同時に火盗改とも袂《たもと》を分かったということがあるのではないか。

それにしても勘蔵の変貌《へんぼう》ぶりには、目を見張る思いだ。矢五郎の下で言いなりになっていた男が、今は矢五郎をも凌《しの》ぐほどの振る舞いを見せている。

夕方になって、剣一郎は面を持って、宇野清左衛門のところに行った。

年番方与力の部屋の隣の小部屋で差し向かいになり、まず清左衛門が口を開いた。

「長谷川どのから、その後どうなっているかときかれた」

「そうですか。長谷川さまにお伝えする前に宇野さまに」

そう言い、剣一郎は狐面を見せた。

「これは？」

清左衛門は不審そうな顔をした。

「狐面の盗賊がつけていた面かと」

「なんだと」

「霊巌寺に捨てられたのを近所の子どもたちが見つけ、それをかぶって遊んでいました」

剣一郎はそのときの様子を語った。

「捨てた男は顎が尖っていたと、子どもたちは言ってました。『一筆堂』の勘蔵が新たに雇った男と特徴が似ています。もちろん、それだけでは証としては弱いのですが、諸々考えて、勘蔵の指示で面を捨てたとみていいでしょう」

「なぜ、捨てたのだ？」

「もういらなくなったからです。狐面の盗賊は解散したとみていいと思います」

剣一郎は言いきった。

「解散となれば、もう二度と狐面の盗賊は押込みをしないということか」

清左衛門は確かめるようにきいた。

「そうです。でも、その代わり、一味を捕縛《ほばく》する機会も失ったことになります」

剣一郎は無念そうに言い、

「この面がどこで売られて、誰の手に渡ったか。特別な面ならともかく、調べてもわからないでしょう。だから、燃やして処分せず、捨てたと思われます」

「捨てるにしても、子どもたちにすぐ拾われるとは、いささか不用意過ぎる気もするが」

清左衛門は首を傾げる。

「おそらく、わざと誰かに拾われるように捨てたのだと思います。私が気がつくように」

「どういうことだ?」

「狐面の盗賊は解散したという宣言ではないかと」

「わざわざ、青柳どのに向けて解散を通告したということか」

「そうです。解散したから、もう狐面の盗賊の探索をしても意味がないと私に訴えているような気がします」

剣一郎は補足して、

「『一筆堂』の勘蔵は、高級な筆のみを扱っていた矢五郎の方針を一変させ、品数を増やし、さらに新しく奉公人をふたり雇いました。新しい奉公人といっても、狐面の一味だった男でしょうが」

剣一郎は説明し、

「このことからも、狐面の盗賊を続けるつもりがないことが見てとれます」

と言い切り、さらに続けた。

「そして、火盗改との関係も断ったと思います」

「関係を断った？」

「はい。矢五郎が死んで、残された勘蔵たちと火盗改は共に狐面の盗賊を終わらせたのです。矢五郎が死んだために狐面の盗賊として動き回ることが出来なくなったのか、あるいはこれ以上続ければ足がつくと恐れたのかわかりませんが」

「うむ」

清左衛門は言葉を失っていた。

「矢五郎を殺した下手人を捕まえることが出来れば、狐面の一味の捕縛まで行くと思いますが、その探索も難航しています」

剣一郎は表情を曇《くも》らせた。

「何か手はないのか」

清左衛門は苦しそうな声で言う。

「火盗改をためしてみるのも手かと」

剣一郎は、清左衛門の反応を窺うように顔色を見た。

「ためすとは？」

「火盗改の筆頭与力どのにお会いし、狐面の盗賊の一味らしい男を見つけたと訴えるのです。火盗改は疑いだけでしょっぴくことが出来るのですから、『一筆堂』の勘蔵を捕まえて拷問にかけることも出来ます」

「火盗改はその訴えを信じるか」

「これまで探索を続けてきたのですから信じましょう。ですが、火盗改は勘蔵に怪しい点はないとし、捕縛はしないと思います」

「では、訴えても意味がないことになるが」

「そのことは、逆に火盗改との結びつきを物語ることになりましょう」

剣一郎は言ったあとで、

「でも、それで終わりです。それ以上は突き進めません」

「うむ」

「ただ、火盗改の長官の天野さまに訴えれば」

「天野さまに何を訴えるのだ？」

「私に火盗改の与力や同心たちを調べる権限を与えてもらいたいと」

「青柳どの、それは無茶だ。火盗改配下の者の不正を南町に調べさせるなど、火盗改の沽券《こけん》にかかわるのではないか」

　清左衛門は言下に否定し、

「ご老中が、青柳どのに狐面の盗賊の探索をさせようとしたのは、火盗改に刺激を与えるのが狙《ねら》いだ。青柳どのが狐面の盗賊の手掛かりを摑むことを期待しているわけではない」

　と、口にした。

「私を名指ししたのは天野さまです。天野さまは配下の者の不正に薄々気づいていたのではないでしょうか。狐面の盗賊に翻弄《ほんろう》されていることに不審を抱《いだ》き、配下の者の中に狐面と通じている者がいると疑いを持った。だから、私に」

「前にも、青柳どのはそのようなことを言っていたが、火盗改が自身に不名誉なことを依頼するとは思えぬ。配下の者が盗賊とつるんでいたら、天野さまとて責任問題に直面する。それほどの大事を……」

清左衛門は首を横に振る。

「火盗改に刺激を与えるという理由こそ、疑わしくありませんか」

「いや、それだけ青柳どのの力がわかっているのだ」

「宇野さま」

剣一郎は厳しい表情で、

「天野さまにお会い出来るように取り計らっていただけませんか」

と、口にした。

「なに、天野さまに？」

清左衛門は呆れた。

「はい。天野さまに私が知り得たことをお話しする機会を作ってくだされば」

「難しい。第一、長谷川どのが承服しまい。お奉行とて……」

「宇野さまの一存で」

剣一郎は迫る。

「なんと」

清左衛門は目を剝いた。

「南町年番方与力として天野さまに」

「ばかな、相手は三千石の旗本だ」

「いえ、宇野さまは南町切っての実力者です。天野さまはきっと聞き入れてくださると思います」

剣一郎は一歩も引かずに続ける。

「このままでは、狐面の一味やそこに関わっていた火盗改の与力か同心は無傷で逃げ果《おお》せてしまいます。これを打開出来るのは天野さまだけです。ですから、どうしても天野さまにお会いしたいのです」

清左衛門は困惑した顔で唸っていたが、

「それほど青柳どのが望まれるなら」

と、折れたように言う。

「ありがとうございます」

「ただし、長谷川どのを通してお奉行にお伝えしておく。もちろん、お奉行の許しがなくとも、わしの一存で天野さまに使いを出す」

清左衛門は大きく溜め息をついた。

「申し訳ありません」

剣一郎は深々と頭を下げた。

翌日の昼過ぎに、剣一郎は宇野清左衛門に呼ばれた。

年番方与力の部屋に行くと、清左衛門が文を見せながら、

「天野さまから承諾の返事が来た」

と、驚いたように言う。

「ずいぶん早かったですね」

剣一郎は天野剛之進も焦《あせ》っているのではないかと睨んだ。

「まさか、お会いくださるとは」

清左衛門は文を手渡し、

「日時と場所が指定されている。明日の夕七つ（午後四時）に本郷の定念寺《じょうねんじ》という寺の茶室だそうだ」

と、口にした。

「役宅を避けたのでしょうか」

「青柳どのと会っているのを配下の者に知られたくないのだろう」

「ええ」

「さて、天野さまが青柳どのの話を聞いてどう出るか」

「私は期待しています」

天野剛之進は目をつけている者がいるのではないかと思っている。


そして、翌日夕七つ前に、剣一郎は本郷の定念寺の山門をくぐり、庫裏《くり》から出てきた若い僧に茶室の場所をきいた。

若い僧のあとについて庭園の中に入り、小高い丘にある茶室に向かった。

茶室の入口に四十ぐらいの武士が立っていた。痩《や》せていて、背が高い。細面《ほそおもて》に鷲鼻《わしばな》が異様に大きく目立った。

「青柳どのか。天野家の用人《ようにん》でござる。さあ、どうぞ」

今度は用人に導かれて、茶室に上がった。

炉《ろ》に炉畳《ろだたみ》が敷いてあるので、茶を点《た》てるつもりではないようだった。

用人が出て行き、すぐに入れ代わって大柄な武士が現われた。四十半ばで、目が大きく、頬《ほお》がふっくらとして風格がある。

「天野だ」

御先手頭で、加役《かやく》で火盗改に任じられた天野剛之進だ。

「南町与力の青柳剣一郎です」

「うむ。かねてより噂《うわさ》は聞いている」

「恐れ入ります」

剣一郎は頭を下げた。

「さっそく、話を聞こう」

「その前に、お訊《たず》ねしたいことがございます」

「何か」

「天野さまは、ご配下の与力または同心の誰かが狐面の盗賊と通じているのではないかという疑いをお持ちなのではありませんか」

剣一郎はずばり口にした。

「なぜ、そう思う？」

「私が狐面の盗賊の被害に遭った商家をすべてまわって驚いたことは、奉行所の者より常に火盗改が先に到着していることです。あまりにも不自然だと思ったのと、それだけ早く現場に駆けつけていながら、まったく狐面の手掛かりが摑めていないのも妙だと」

剣一郎は息を継いで、

「私が気づくくらいですから、天野さまも……。ただ、自分の部下を調べるというのはかなり勇気がいることです。だから、探索をあえて南町の私にさせようとしたのではないかと」

「なるほどな」

天野は含み笑いをし、

「さすが、青痣与力だ」

と、口にした。

「いかがでしょうか」

「そなたの言うとおりだ」

天野はあっさり認めた。

「わかりました。では、私が知り得たことをお話しいたします」

剣一郎は居住まいを正し、

「狐面の盗賊のおかしらは、本所亀沢町にある『一筆堂』の主人矢五郎です。そして、番頭の勘蔵がその右腕だったと思われます」

「なぜ、わかったのか」

天野は鋭い目を向けた。

「一味の中に、左の二の腕に竜の彫り物がある男がいました。その男が『一筆堂』に入っていくのを被害に遭《あ》った商家の主人がたまたま見ていたのです」

「なるほど。それで、『一筆堂』に目をつけたのか。だが、それだけでは、証としては弱いな」

「はい。すべて私の勘による想像でしかありません。矢五郎に会って、やはり勘で狐面のおかしらに違いないと思いました」

剣一郎は言ったあと、眉根を寄せ、

「ところが、矢五郎が何者かに殺されてしまったのです。いまだに下手人はわかりません」

「その勘蔵が殺したのではないのか」

天野は先走って言う。

「いえ、勘蔵とは思えないのです。ただ、勘蔵は下手人を庇っているようです」

剣一郎は間をとり、

「問題はなぜ、矢五郎が殺されたかです」

「なぜだ?」

「わかりません。ただ、矢五郎が死んだことが関わっているのか、狐面の盗賊は解散したようです」

「解散？」

「はい」

『一筆堂』のあとを継いだ勘蔵が店を本格的に再開しようとしていることや、狐の神楽面が捨てられていたことなどを、剣一郎は理由として話した。

「もう、押込みはしないでしょう」

剣一郎は言い切った。

「狐面の盗賊は闇《やみ》の彼方《かなた》に消えたということか」

「いえ、残党の姿は見えています。ただ、証がなく、何も出来ないのです。それで、こうしてお願いに上がりました」

「わしにどうせいと？」

天野は険しい声できいた。

「狐面の盗賊と通じていた与力か同心どのを見つけ出したいのです。天野さまが疑っている与力か同心どのを『一筆堂』に探索に向かわせてください。おそらく、勘蔵に不審な点がないという結果になるかと思います」

「ほんとうに不審な点がないかもしれぬではないか。そなたとどっちの言い分が正しいか、どう判断するのだ？」

「判断は天野さまに委《ゆだ》ねるしかありません」

「わしに？」

「火盗改内のことに私がしゃしゃり出ることは出来ません。ですから、天野さまにお任せするしかありません」

「もし、わしが『一筆堂』に不審はないとの報告を信用したら、そなたはどうする？」

「私にはそれ以上何も出来ません。その場合は、狐面の盗賊の件は時と共に過去になっていくだけです」

「よくわかった。青柳剣一郎、よくやってくれた。わしの思っていたとおりだった」

「えっ？」

「わしの期待に応《こた》えてくれた。礼を言う」

「では、やはり、私を狐面の盗賊の探索に向かわせるようにした真意は？」

剣一郎は確かめるようにきいた。

「そなたの言うように、わしもある与力の動きに不審を抱いた。内部で調べると情報が漏れる可能性があるため、能力を見込んでそなたに依頼をした」

天野は厳しい顔を向けて、

「あとはわしに任せてもらおう」

と、自信を覗かせた。

「はっ」

剣一郎は平伏した。

剣一郎は再び用人に導かれて茶室を出た。

「ごくろうでござった」

用人に見送られて、剣一郎は再び庭園を抜けて山門に向かった。

天野剛之進ならやってくれると、剣一郎は安堵《あんど》しながら帰途についた。

五

その日の夕刻、佐久間秀作は火盗改の長官である天野剛之進に呼ばれて出向いた。

ふと、与力の中で自分だけが呼ばれたことに、佐久間は少し臆《おく》した。だが、大きく深呼吸をし、自信を漲《みなぎ》らせた。

天野は肘掛《ひじか》けにもたせていた体を起こし、佐久間の顔を見つめた。

「狐面の盗賊の件だが」

「申し訳ありません。今に至っても捕縛出来ずに。しかし、追い詰めていることは間違いありません」

「追い詰めている？」

「はい。今まででしたら、新たな押込みをする時期ですが、動きがありません。おそらく、もはやこれ以上の押込みを断念したのではないかと考えております」

「その根拠は？」

「我らが狐面の盗賊の動きを予測し、事前に対処出来るようになったからです。前回の押込みのときも、あと僅《わず》かな差で取り逃がしましたが、我らは現場近くにいました。狐面の盗賊も、我らの動きに尻込みをしているはずです」

「警戒して、新たな押込みをしないと？」

「はい。それに」

佐久間は膝を少し進め、

「狐面の盗賊のおかしらは病《やまい》を患《わずら》っているようです」

「病？　はじめて聞くが？」

天野は疑いの目を向けた。

「はい。私の勘であり、証がないのでお話ししませんでした。ですが、密偵の報告によると、おかしらはときたま胸を押さえて苦しそうにしていたのを、押し込みに遭った家の主人が見ていたというのです。おかしらは心ノ臓が悪く、これ以上激しい動きは出来ないのではないかと、考えました」

「…………」

天野は黙って佐久間を見つめている。

「その上での、最近の狐面の沈黙です。もはや、押込みはない。私はそう判断しました」

「そうだとしたら、狐面の盗賊の探索はどうなるのだ？」

「無念ですが、非常に難しいものと……」

佐久間はわざとらしく神妙になった。

「じつは、南町奉行所の与力青柳剣一郎から申し入れがあった」

「青痣与力が……」

佐久間は息が詰まりそうになった。

「わしを訪ねてきたので、会ってきた。本所亀沢町にある『一筆堂』が狐面の盗賊と深い関わりがあるようだから、火盗改で調べてもらいたいとのこと」

はっとしたが、佐久間はすぐに対応した。

「じつは、そこはすでに調べています」

「なに、調べた？　その報告は受けていないが」

「申し訳ありません。疑いがなかったので、あえてお知らせすることもあるまいと思いまして」

「疑いがない？」

「はい。狐面の盗賊が押込みを働いた夜、『一筆堂』の主人矢五郎や番頭の勘蔵が亀沢町の店にいたことが確認されています」

佐久間は真顔で偽りを口にした。自分の命が掛かっているのだ。

「では、青柳剣一郎の見立てが間違っていると言うのか」

天野は鋭くきく。

「そうです」

「殿」

同席していた用人が口をはさんだ。

「南町の与力の言うことより、佐久間どのの言い分を信じるべきかと。佐久間どのはこれまで数々の手柄を立ててきています。狐面の盗賊を取り逃がしたことは慚愧《ざんき》に堪《た》えませんが、これ以上被害がないということであれば、これをもって……」

「幕引きを図れと申すか」

「はい。仮の話でございますが、青痣与力の言い分が正しかったとしたらどうなりますでしょうか。火盗改が受ける傷のほうが狐面の盗賊を捕まえられなかった汚点よりはるかに大きいではありませんか」

用人はさらに続けた。

「残虐《ざんぎやく》な盗賊ならともかく、狐面はひと殺しはしていません。この先のことを考えたら、おのずと答えがわかりましょう」

天野は目を閉じ、腕組みをした。

佐久間ははっとした。俺を疑っている。そう思った。脇の下に冷や汗をかいた。

やっと、天野は腕組みを解き、目を開けた。

「佐久間。そなたの言葉を信じよう」

「はっ、ありがとうございます」

佐久間は思わず平伏していた。


翌日の昼過ぎ、日本橋堀留町《にほんばしほりどめちょう》にある蕎麦《そば》屋の二階の小部屋で、佐久間秀作と野中丈太郎は銀次から報告を聞いていた。

「『長崎屋』の重助は三十五歳、口入れ屋をはじめたのは五年前です。それまで、長崎にいました。長崎では唐人《とうじん》屋敷に奉公していたようです」

銀次は分厚い唇を舌で舐《な》めて続ける。

「長崎から逃げるようにして江戸に出てきたようなので、唐人屋敷から金を盗んで逃げたという噂があるそうです」

「やはり、そういう男か」

佐久間は口元を歪めた。

「はい。それから一度、ある商家に下男として世話をした男がそこの主人の秘密を摑み、強請りを働いたことがあったそうです。その強請りに重助も絡んでいるのではと疑われたことがあったとのこと。そのときは、疑いだけで済んだということでした」

「間違いありませんね」

野中が吐《は》き捨てるように言う。

「うむ」

佐久間は頷き、

「店には重助の他に誰がいるんだ?」

と、きいた。

「かみさんと奉公人がふたりいます」

「外に誘《おび》き出すしかないな」

佐久間は家に押しかけるのは危険だと思った。

「へえ。あの周辺には原っぱがありますが、通りから見られる危険がありますぜ。霊巌寺の裏手の雑木林がいいんじゃありませんか」

「よし、そうしよう」

佐久間は応じ、

「ところで、いっしょにいた女は誰だ?」

と、きいた。

「はっきりわかりませんが、仕事を求めてきた女のようです」

銀次が答える。

「口入れ屋の客か」

「ええ、重助は女の客には親切なようで」

「下心があって、女を料理屋に誘ったのか」

「そうだと思います。女は強請りのことは知らないんじゃないかと」

「そうだな」

今朝、二度目の文が届いた。

明日の暮六つ（午後六時）までに、金五百両を柳原《やなぎわら》の土手にある柳森《やなぎもり》神社の賽銭箱の下に置いておけ、もし俺に何かあったら、真相を書いた文が奉行所に届くというものだった。

「銀次」

佐久間は呼びかけ、

「今夜六つ半（午後七時）に、重助を霊巌寺まで誘き出すんだ」

と、命じた。

「わかりました」

「じゃあ、霊巌寺で待っている」

佐久間は立ち上がり、

「俺たちは先に出る。おまえは蕎麦でも食っていけ」

と言って、部屋を出た。

その夜、佐久間と野中は、霊巌寺の境内で重助を待った。

六つ半を過ぎたころ、銀次と重助がやってきた。

「誰が私を待っているんだね」

重助がきいている。

「どこかにいると思いますよ」

銀次は辺りを見回している。

佐久間と野中は暗がりから出て行った。

重助が不審そうに見ている。

「重助だな」

佐久間は声をかけた。

あっと、重助は短く叫んだ。

「どういうことだ？」

重助が銀次にきいた。

「重助。そなたにききたいことがあるのだ」

「火盗改がどうして?」

「我らが火盗改とよくわかったな」

「………」

「どうして知っていたんだ?」

「それは……」

「『川端屋』でか」

佐久間は冷笑を浮かべてきく。

「そんなことより、私に何を?」

「こっちに来てもらおう」

佐久間は本堂の脇から裏門に向かった。重助は警戒ぎみに付いてくる。

裏口の重たい戸を開けて、外に出た。昼間でも鬱蒼《うっそう》としている雑木林は、漆黒の闇だった。銀次が提灯《ちょうちん》に灯をいれた。

「重助、俺に文を寄越したな」

佐久間は問いかける。

「文ですって。なんのことですかえ」

「とぼけるな。おまえが書いたことはわかっているのだ」

「なんのことかさっぱりわかりませんぜ」

「そうか、じゃあ、思いださせてやろう」

佐久間は刀を抜いた。

「なにするんですか」

重助は後退《あとずさ》った。

「何を言っているのかさっぱりわかりませんぜ」

「正直に言うのだ」

佐久間は切っ先を重助の顔面に突き付けた。

「旦那方は何か誤解していますぜ」

重助はいきなり突き付けられた刃をかいくぐり、佐久間の剣から逃れた。

「火盗改がこんな真似《まね》をして許されるんですかえ」

重助は身構えて言う。

「おぬし、武術の心得があるな」

「昔、習っただけだ」

「抵抗すると斬《き》る」

佐久間は激しく言う。

「冗談じゃない。こんな理不尽なことが……」

「重助」

野中が抜刀して怒鳴る。

「身の程も弁《わきま》えず、強請りなど」

野中が斬り込んだ。重助は素早く身を翻《ひるがえ》した。

「待ってくれ、強請りってなんだ？」

重助は叫ぶ。

「しらばっくれるな」

野中はさらに斬りつけた。重助は懸命に逃れた。

佐久間は何かおかしいと思った。重助は強請りの主にしては、あまりに気概がない。

野中の剣が重助を追い詰めた。重助は樹を背に、身動き出来ずにいた。

「重助、覚悟」

野中が振りかぶった。剣が上段から振り下ろされようとしたとき、

「待て、止めるのだ」

と、佐久間は叫んだ。

野中の動きが止まった。

「妙だ」

佐久間は言う。

「何が妙なのですか」

野中は剣を下ろしてきく。

「重助は自分が殺されそうになっているのに、牽制《けんせい》する様子がない」

「…………」

野中は顔をしかめた。

佐久間は重助を見つめ、

「重助。改めてきく。強請りの文を出してはいないか」

と、問い詰めた。

「そんなもの知りません」

重助は激しく首を横に振った。

「ある人物に脅迫状が届いたのだ。中身は言えぬが、その者が脅迫者は『長崎屋』の主人かもしれぬと言うのでな」

佐久間は言い訳をした。

「冗談じゃありませんぜ。そんな真似しません」

「おまえが、ある商家に下男として世話をした男がそこの主人を強請ったことがあって、おまえもその強請りに絡んでいたという疑いがあったそうではないか」

野中が問い詰める。

「それは違います、いろいろ事情があって」

重助はしどろもどろになった。

「重助。まだ、おまえの疑いが完全に晴れたわけではない。もし、今夜のことを他人にもらしたら、今度は容赦《ようしゃ》なくおまえをしょっぴく」

「わかりました」

重助は不満げな顔で言う。

「じゃあ、行け」

「では」

重助は再び裏口から境内に戻って行った。

佐久間たちもそこを離れた。

半刻（一時間）後、佐久間たちは日本橋堀留町にある蕎麦屋の二階の小部屋にいた。すでに暖簾は片づいていたが、無理をいって上げてもらった。

「見当違いだったな」

佐久間は忌《い》ま忌ましげに言い、

「脅迫者は他にいるのだ」

と、吐き捨てた。

亭主が酒を持ってきたので、口を閉ざす。

「すまないな、無理を言って」

佐久間は亭主に詫《わ》びる。

「いえ。それより、たいしたことは出来ませんが」

「酒があれば十分だ」

「では、ごゆっくり」

亭主は部屋を出て行った。

「重助は今夜のことを、誰かに話したりしないでしょうか」

酒を口に運んだあとで、野中が気にした。

「いや、話したところで問題ない。詳しい内容は話していないのだから、なんとでもとぼけられる。それより、脅迫者だ」

佐久間は溜め息をつき、

「あと、考えられるのは『高樹屋』の巳之助か」

と、口にした。

「巳之助は若い頃から女たらしで、『高樹屋』の婿になった当座はおとなしかったようですが、大旦那が亡くなってから、またぞろ女道楽がはじまったそうですぜ。そのせいか、金遣いが荒いようです」

銀次が調べてきたことを話した。

「巳之助か」

佐久間は巳之助が脅迫者になり得るか考えた。金遣いが荒いとなれば、金を欲するだろう。巳之助が脅迫者かもしれない。

しかし、その確証が得られなければ、事前に襲うことは出来ない。重助のときのように、今度は間違いは許されない。

「柳森神社に金を受け取りに現われるのを待つしかないか」

佐久間は顔をしかめて言う。

「でも、巳之助が来るだろうか。使いの者を寄越すかもしれません」

野中が言う。

「使いの者か……」

佐久間は呟いて、

「『高樹屋』は神田鍛冶町だったな」

と、ふと思い出した。

「そうです。神田鍛冶町三丁目です」

銀次が答える。

「柳森神社はそれほど離れていないな。だから、取引場所に柳森神社を指定したのだ」

「そうかもしれませんね」

「やはり、巳之助か」

佐久間はだんだん巳之助が脅迫者のような気がしてきた。

「おそらく、巳之助は用心して柳森神社にくるはずだ。自分が死んだら真相を書いた文が奉行所に届くことになっていると、俺たちを牽制している。そう言われたら、こっちは手も足も出せない」

佐久間は苦い酒を呑んだあと、ある考えが閃《ひらめ》いた。

「取引場所で殺すからいけないのだ」

佐久間は口にした。

「どういうことですか」

銀次が身を乗り出した。

「巳之助は真相を認《したた》めた文を、おそらく『川端屋』でいっしょだった女に預けて柳森神社にくるはずだ。もし、俺に何かあったらその文を奉行所に届けろと言い残して」

佐久間はにんまりとして、

「しかし、その文を女に預けるにしても、柳森神社に出かける直前だろう」

「まあ、そうかもしれませんね」

「よし」

佐久間は立ち上がった。

「これから『高樹屋《や》』に行く。そして、巳之助をうまく外に誘き出すのだ」

「今夜、巳之助を殺るのですね」

野中は察してきいた。

「そうだ。巳之助が脅迫者かどうか断定出来ないが、こうなれば賭《か》けだ」

佐久間たちは蕎麦屋を出て、鍛冶町三丁目に急いだ。

ひんやりとした夜風が吹く通りは、ひと影もまばらだった。

瓦屋根の二階家の『高樹屋』は闇の中でひっそりとしていた。

銀次だけが店に近付き、大戸の脇の潜《くぐ》り戸を叩いた。

「ごめんください。夜分、恐れ入ります」

しばらくして戸が開いた。

相手がふた言三言、何か答えていた。

銀次が戻ってきた。

「まだ、帰っていません。巳之助の帰宅は毎晩遅いようです」

銀次が言う。

「よし。どっちから来るかわからないが、おそらく駕籠《かご》だろう。二手に分かれ、待ち伏せて始末するのだ」

佐久間はぎらついた目で言い、

「念のため、銀次は店を見張れ」

と、命じた。

「わかりました」

銀次をその場に残し、野中は須田町《すだちょう》のほうに、佐久間は鍛冶町一丁目のほうに向かった。

第三章　離れ座敷

一

朝方は冷えた。弱い陽差しが、仰向《あおむ》けに倒れている男の土気色の顔を浮かび上がらせていた。

植村京之進の使いにより知らせを受けて駆けつけた剣一郎は、唖然《あぜん》として亡骸《なきがら》を見た。

巳之助だった。『高樹屋』の店の脇の路地だ。

「匕首《あいくち》で心ノ臓と腹部を刺されています」

京之進が言う。

剣一郎は手を合わせて、亡骸を検《あらた》めた。胸と腹部に傷があり、赤黒く汚れていた。死んでだいぶ経《た》つ。殺されたのは昨夜か。

「今朝、店の小僧が戸を開け、店の周囲を掃除していて死体を見つけたそうです」

「引きずったあとがあるな」

剣一郎は地べたの長い筋を見て言った。

「はい。大戸の前に血の痕《あと》がありました。おそらく、そこで刺されたものと思われます。発見を遅らせるために、ここまで死体を引きずったのでしょう」

京之進は説明した。

「昨夜、巳之助は帰って来なかったことになるが、店の者はどうしていたのだ？」

「ときたま、巳之助は無断で外泊することがあったそうです。内儀《おかみ》さんも奉公人も昨夜もそうだろうと思ったということです」

「しかし、実際は帰ってきたのだな」

「はい。夜遅くに帰ってきたようです。いつも駕籠《かご》で帰ってくるということなので、巳之助を乗せた駕籠を探しています」

駕籠かきが騒がなかったことからして、下りた駕籠が引き上げたあとに殺されたのであろう。だが、駕籠かきが不審な人物を見ているかもしれない。

「それから」

京之進は思いだして言う。

「昨夜の五つ半（午後九時）ごろ、巳之助を訪ねて男がやってきたそうです」

「男が？」

「はい。まだお帰りではないと言うと、あっさり引き上げたそうです。暗かったので顔はわからなかったと。声の感じでは三十前のような気がしたと言ってました」

「三十前……」

剣一郎の脳裏《のうり》にある男の顔が過《よぎ》った。

「凶器は匕首だな」

「そうです」

「巳之助は誰かに恨《うら》まれているようなことは？」

「内儀や番頭にききましたが、はっきりしません」

「はっきりしない？」

「見下したような態度でひとと接するので反感を買っているかもしれないが、殺されるほど恨まれているとは思えないと、内儀も番頭も同じようなことを言ってました」

京之進が答えたとき、番頭がやってきた。

「旦那《だんな》をお連れしたいのですが」

「青柳さまはよろしいでしょうか」

京之進がきいた。

「ひとつききたい」

と、剣一郎は番頭に顔を向けた。

「はい」

「商売のことで、巳之助は誰かともめていなかったか」

「いえ、ありません」

番頭は即座に否定した。

「はっきりそう言えるのか」

「はい」

「なぜだ？」

「それは……」

番頭は言い淀《よど》んだが、

「じつは旦那は商売にはあまり……」

「あまり商売に携わっていないと？」

「はい。ほとんど得意先の接待だけ」

番頭は俯《うつむ》いて言う。

「巳之助は毎日何をしていたのだ？」

「音曲《おんぎょく》の師匠のところに通ったり、囲碁《いご》をしたり。あとは女道楽……」

番頭は貶《さげす》むように言った。

「店での巳之助の人望はどうか」

「まあ、なんというか」

番頭は曖昧《あいまい》に言う。

「内儀との仲はどうなのだ？」

「…………」

番頭は口を閉ざした。

「思っていることを言うんだ。巳之助を殺した下手人《げしゅにん》を挙げるためにも聞いておきたい」

剣一郎は迫る。

「申し訳ありません。私も含め、奉公人は内儀さんに同情しています。旦那は外に女を何人も作って」

　番頭は口元を歪《ゆが》め、

「こんなことを言ってはなんですが、旦那を殺した下手人を誰も恨んでいないと思います。でも、だからと言って店の者は誰も旦那を殺そうなどと思ったりはしません」

「そうか。あいわかった」

　剣一郎は頷《うなず》く。

　京之進が番頭に向かって、

「よし。連れて行ってやれ」

と、告げた。

「はい」

　番頭の指図で、奉公人が亡骸を戸板に載せて家の中に運んだ。

「巳之助を訪ねてきた男について応対した手代《てだい》から話を聞いてみたい」

「今、亡骸を運んだ者の中にいました」

　京之進は近くにいた岡《おか》っ引《ぴ》きに、

「さっきの手代を呼んできてくれ」

と、声をかけた。

少し経ってから、岡っ引きが青白い顔の手代を連れてきた。

「巳之助を訪ねてきた男のことを詳しくききたい」

剣一郎は声をかける。

「はい」

手代は畏《かしこ》まって頭を下げる。

「訪ねてきたときの様子は？」

「はい。潜《くぐ》り戸をどんどんと叩《たた》いて、ごめんください、夜分、恐れ入ります、と男のひとの大きな声がしました。それで、私が出て行って戸を開けると、男のひとが立っていて、旦那の巳之助さんはお帰りですか、と今度は小声でききました」

手代は説明する。

「まだ、お帰りではありませんというと、また出直しますと、あっさり引き上げて行きました」

「いつ帰るとか、そういう質問はなかったのか」

「ありませんでした」

帰っているかどうかを確かめただけのようだ。

「顔はわからないか」

「はい、暗かったので。ただ、体つきや声の感じから三十前だろうと思いました」

「町人か武士か」

「町人でした」

「男はひとりだったか。他に仲間がいたようには?」

剣一郎は確かめる。

「なにぶん外は暗いのでわかりませんが、男はすたすたと通りの向かいに歩いて行ったので、仲間のところに戻ったとも考えられますが、はっきりはしません」

「巳之助はいつも帰りが遅いのか」

「はい。だいたい四つ(午後十時)ごろに。四つまでに帰らないときは、次の日の朝に帰ってきます」

「すると、昨夜は四つには帰ってきたのであろうな」

「そうだと思います」

正確な時刻は巳之助を乗せた駕籠かきにきけばわかるが、殺されたのは四つごろと見ていいようだ。

「四つごろ、表で騒ぎ声がしなかったか」

「聞いていません」

手代は首を横に振った。

「ところで、巳之助はどうして殺されたと思うか」

剣一郎は手代には難しい質問だと思いながらきいた。

「旦那を嫌いなひとは多いんじゃないでしょうか」

「そなたもそうか」

「はい。大嫌いでした。でも、さっき旦那を戸板で運んでいるとき、急に涙が出てきて……。今はとても悲しいです」

「そうか。そなたはやさしい男だ。その気持ちをいつまでも持ち続けるのだ。もういい、ごくろうだった」

剣一郎はいたわるように言った。

頭を下げて、手代は店に戻って行った。

剣一郎はあとを京之進に任せて奉行所《ぶぎょうしょ》に戻った。

与力《よりき》部屋に落ち着いたとき、見習い与力が廊下を走るようにやってきた。

「青柳さま。宇野さまがお呼びにございます」

「わかった。ご苦労」

剣一郎はすぐに年番方《ねんばんかた》与力の部屋に行った。

しかし、清左衛門はいなかった。

「青柳どの」

背後で清左衛門の声がした。

「向こうの部屋に火盗 改《かとうあらため》の天野さまのところの用人《ようにん》の奥山喜兵衛《おくやまきへえ》どのが来ている」

「用人どのが?」

「天野さまの名代だ」

清左衛門の表情が怒りを抑えているように思えた。

「宇野さま、あまりよくない用件のようですね」

剣一郎は察してきいた。

「そうだ」

清左衛門は憤然《ふんぜん》と言う。

「ともかく、お会いします」

剣一郎は清左衛門といっしょに奥山が待つ部屋に行った。

「お待たせいたしました」

剣一郎は向かい合って腰を下ろした。

「いや」

奥山は鷹揚《おうよう》に言う。

「きょうは火盗改の天野剛之進の名代としてやってきました。すでに、宇野どのにはお話しいたしましたが」

奥山は居住まいを正し、

「先日、承《うけたまわ》った件について」

と、切り出した。

「あのあと、役宅に戻り、配下の与力に亀沢町の『一筆堂』のことを話したところ、その与力はすでに『一筆堂』を探索済みでした。狐面《きつねめん》の盗賊と無関係とわかったので、報告するまでもないと思っていたとのこと」

「妙ですな」

剣一郎は落ち着いた声で、

「『一筆堂』の矢五郎も勘蔵もそのようなことは一切口にしていませんでしたが」

と、異を唱えた。

「それは青柳どのが訊《たず》ねなかったからであろう」

「ちなみに、その与力のお名前を聞かせていただいてもよろしいでしょうか」

「いや、言う必要はあるまい」

「教えることで何か不都合なことでも？」

「そんなことがあるはずないではないか」

奥山は少し気色《けしき》ばんだ。

「天野さまに、そのお方以外の与力どのに『一筆堂』を調べていただくようにお伝え願えませんか」

剣一郎は新たに申し入れる。

「それには及ばぬ」

「及ばぬというのは？」

「火盗改としては、狐面の盗賊の探索を引き続き行なっていくことに変わりはないが、今後、狐面の動きは止《や》むだろう。狐面の盗賊を捕らえられなかったのは残念だが、火盗改の働きによって狐面の盗賊の動きを封じ込めることが出来たのだ」

「これは異なことを」

剣一郎は耳を疑い、

「狐面の盗賊を捕縛《ほばく》出来なかったことを正当化するのですか」

と、問い返す。

「狐面の盗賊を捕縛出来なかったのは、何も火盗改だけの責任ではあるまい。奉行所とて、何も出来なかったではないか」

「奉行所に何もさせなかったのは火盗改です」

「無礼な」

奥山は顔色を変えた。

「はっきり申しましょう。私の調べでは、狐面の盗賊と火盗改の一部の与力どのが裏でつながっているのではないかと思われるのです」

「ばかな」

「いいえ、言わせていただきます。狐面の七度に及ぶ押込みに、ついぞ、南町が被害に遭った商家に火盗改より先に駆けつけることはありませんでした。これが何を物語っているのか」

「黙られよ」

奥山は語気を荒らげた。

「私はあえて狐面と通じている与力が誰であるか、知ろうとはしませんでした。あくまでも、その追及は火盗改自身で行なうべきと考えたからです。それで、天野さまに私の考えをお伝えしました。なぜ、お伝えしたのか」

剣一郎は身を乗り出し、

「天野さまも、配下の者に疑いを抱《いだ》いていると思ったからです」

「違う」

「いえ、そのことは天野さまもお認めになりました。ですから、その疑惑の与力に『一筆堂』の探索を命じたのです」

「よいか。いずれにしろ、『一筆堂』は狐面とは関係ないのだ。そなたの疑念に何の根拠もないことがはっきりした」

「それが天野さまのお考えですか」

「そうだ。私がここで述べたことは、天野剛之進の言葉だと思っていただこう」

「天野さまは火盗改の膿《うみ》を出すつもりだったはずです。だから、私とお会いくださったのです。なのに、なぜ、気持ちが変わったのでしょうか」

剣一郎は鋭くきく。

「そなたが、勝手にそう思っていただけだ」

奥山は突き放すように言う。

「奥山どの、あなたが天野さまを説き伏せたのではありませんか」

「何を言っているのだ」

「保身ですね」

剣一郎は落胆して、

「保身のために天野さまは心変わりをしたのですね」

と、呟《つぶや》いた。

「以上だ」

奥山は強引に話し合いを終わらせた。

「お待ちを。『二筆堂』を調べたという与力どのの名を教えていただけませんか」

剣一郎はもう一度きいた。

奥山は首を横に振り、

「その必要はないと言ったはず」

と、にべもなく言う。

「その与力どのは佐久間秀作どのではありませんか」

「………」

奥山は返答に詰まった。

「そうなんですね」

剣一郎は言ってから、

「佐久間どのに金のいる事情はなかったですか」

「金のいる?」

「たとえば、女です」

「そんなことはない。失礼する」

奥山は部屋を出て行った。

だが、このまま引き下がるつもりはない。佐久間は何らかの事情で金が必要となり、狐面の盗賊と手を結んだのだろう。そこをつけば、何か出てくる。

もはや遠慮はしないと、剣一郎は闘志を燃やした。

二

その夜、佐久間は柳森神社の植込みの中に身を隠していた。野中と銀次は柳原の土手の暗がりに身を隠して柳森神社を見張っている。

脅迫状に指定されたように、賽銭箱《さいせんばこ》の下に金に見せかけた包みを入れてから四《し》半刻《はんとき》（三十分）が経った。

万が一、脅迫者が巳之助でなかった場合に備えてのことだ。

昨夜、『高樹屋』の近くで、巳之助の帰りを待ち伏せた。佐久間は須田町の町家の陰に隠れていたが、四つ（午後十時）を過ぎても巳之助を乗せた駕籠はやってこなかった。

そのうち、『高樹屋』のほうから銀次が走ってきた。

「どうした？」

興奮《や》している銀次に声をかけた。

「殺りました。巳之助を殺りました」

銀次は声を上擦らせた。

「ほんとうか」

「へえ、間違いねえ」

銀次は状況を話した。

『高樹屋』の脇の路地で待っていると、駕籠がやってきた。『高樹屋』の近くで男が駕籠を下りた。巳之助だった。だいぶ呑《の》んでいるようで、ふらつく足で『高樹屋』に向かった。

銀次は飛び出し、

「巳之助さんですかえ」

と、声をかけた。

「誰だえ。おまえさんは？」

巳之助はきいた。

「『川端屋』のことで」

「なんだと」

巳之助は顔色を変えた。

脅迫者は巳之助だと直感したとき、銀次はとっさに匕首を抜いて、巳之助に体当たりをするように腹部に突き刺し、仰向けに倒れたところにさらに心ノ臓目掛けて匕首を突き刺した。

それから、巳之助の死体を引きずって、路地に隠して逃げてきた。

「誰にも見られていないか」

佐久間はきいた。

「だいじょうぶです」

「よし」

佐久間と銀次は野中に声をかけ、現場から逃走した。

そして、今朝、『高樹屋』まで様子を見に行った。

すでに死体が発見されて、奉行所の同心《どうしん》が来ていた。巳之助が死んだのは間違いなかった。

佐久間がその場から離れたとき、青痣与力こと青柳剣一郎が駆けつけてきた。なぜ、巳之助が殺されたことで青痣与力がやってきたのかわからないが、佐久間は勝ち誇った目で青痣与力を見た。

狐面の盗賊の件はうまい具合に片づいた。長官の天野剛之進は疑惑を抱いていたようだが、配下の与力が盗賊と通じていたと明らかになれば、火盗改の長官としての責任が問われよう。火盗改は解任されるだろう。
だから、俺を徹底的に追及出来なかったのだ。俺の勝ちだと、脳裏に浮かべた
青痣与力の顔に向かって言い放つ。
問題は果たして巳之助がほんとうに脅迫者だったかだ。

夜の五つ半（午後九時）を過ぎた。

柳森神社にやってくる者はいない。

野中と銀次が鳥居をくぐって境内《けいだい》の植込みに入ってきた。

「誰も来ませんぜ」

銀次が小声で囁《ささや》く。

「うむ」

佐久間は頷いたが、

「我らが待ち構えていることに気づいて、近付けないのかもしれない」

と、用心深く答えた。

「どこかで、我らを逆に見張っているということも考えられますね」

野中が言う。

「いえ、やはり巳之助が脅迫者だったんですよ。だって、『川端屋』の名を出したとき、巳之助はあわてていましたからね」

銀次は落ち着いていた。

「今夜は引き上げよう。もし、脅迫者が別にいれば、改めて文《ふみ》が届くはずだ」

佐久間はそう言い、植込みを出た。

夜空に無数の星が輝いていた。その星の輝きを見たとき、佐久間は危機を乗り越えられたと思った。


翌日の昼過ぎ、市中の巡回に出ていた佐久間は柳森神社に向かった。

鳥居をくぐり、賽銭箱に近付く。辺りに誰もいないのを見計らって、しゃがんで賽銭箱の下を見た。

包みは置いたときと同じ状態だった。動かした形跡はない。とりにきた者はいなかったのだ。

佐久間は思わず笑《え》みを漏《も》らした。

その後、小川町の役宅に戻った。

門を入るとき、門番に声をかけた。

「俺宛てに文は届いていないか」

「いえ。ありません」

「そうか」

佐久間はまたも笑みを漏らした。

やはり、脅迫者は巳之助だったのだ。

与力詰所に向かうと、お白州《しらす》では、他の与力が付け火をした男の取調べをしていた。拷問の道具も揃っている。

すると、朋輩《ほうばい》の与力が、

「佐久間どの、奥山さまが探していた」

と、言った。

「奥山さまが？」

なんだろうと微《かす》かに不安を覚えた。

気がかりなのは、『川端屋』で巳之助といっしょにいた女のことだ。巳之助は殺しのことをその女に話しただろう。そして、真相を認《したた》めた文を、その女に預けたかもしれない。だが、その女は巳之助が殺されたことを知ってどうするだろうか。

奉行所なり、火盗改の役宅なりに届け出るだろうか。しかし、巳之助は強請《ゆす》りをしていたのだ。その女も強請りの仲間と思われる。そんな危険を冒《おか》して文を届けるだろうか。

巳之助の残した文が奥山の手に渡ったのではとよけいな心配をしたが、そんなことはありえないと思い直した。

文が渡ったとしても、巳之助がいなければ、なんとでも言い逃れられる。

佐久間は奥山のところに向かった。

佐久間に気づき、奥山が立ち上がってきて、

「こちらに」

と、空《あ》いている部屋に招じた。

佐久間は緊張しながら部屋に入り、奥山と差し向かいになった。

奥山がすぐに口を開こうとしないので、佐久間はいたたまれずに、

「奥山さま、何か」

と、声をかけた。

「うむ」

奥山は鷹揚《おうよう》に頷き、

「じつは昨日、南町奉行所に行き、青柳剣一郎に会ってきた」

と、口にした。

「…………」

佐久間は声を呑んだ。

「殿の名代として、狐面の盗賊について火盗改の見解を伝えてきた。そなたの意見に基づいた考えをな。ようするに、向こうの訴えを却下したことになる」

「はっ」

佐久間は思わず頭を下げた。

「青柳剣一郎は納得出来ないようであったが」

「そうでしょうね。南町の連中は火盗改に敵愾心《てきがいしん》をもっていますからね」

佐久間は冷笑を浮かべた。

「青柳剣一郎はこのまま素直に引き下がるような男ではない」

「…………」

「もちろん、そなたを信用しているが、ちょっとしたことで足をすくわれかねない。そこで、そなたに確認するのだが、何か隠し事はないか」

「隠し事？」

　佐久間は微かに狼狽《ろうばい》したが、

「そんなものありません。なぜ、そのようなことを？」

　と、逆にきいた。

「金が必要な事情はないかと、青柳剣一郎は気にしていた」

「……………」

「たとえば、女だ」

「ば、ばかな」

　佐久間は憤然とし、

「何の遺恨《いこん》か、私を貶《おとし》めようとしているのか」

　と、吐《は》き捨てた。

「確かに、青柳剣一郎は狐面の盗賊を追っている与力が、そなただと知っていた」

「……………」

「どうなのだ？」

　奥山が冷静にきく。

「何がでしょう？」

「女だ」

奥山が強い口調になった。

「そんなものいません」

佐久間は否定する。

「信じていいな」

奥山は念を押す。

「もちろんです」

佐久間は胸を張って言う。

「そうか」

奥山はそのまま押し黙った。無気味だった。

「佐久間」

やっと奥山が口を開いた。

「仮の話だ。もし、そなたに女がいるなら、ほとぼりが冷めるまで女のところに行くではない」

「………」

唖然として、佐久間は奥山を見つめた。

「青柳剣一郎はそなたに尾行をつけるはずだ。諦《あきら》めさせるには、尾行して何も出てこなかったと思わせるしかない」

「私には女なんて」

佐久間は弱々しく訴える。

「わかっている。だが、そなたとて男だ。たまには女郎屋に行くこともあろう。些細《ささい》なことから付け入る隙《すき》を与えないようにするのだ」

「わかりました」

佐久間は答えた。

「そなたが何かしでかしたら、火盗改全体に火の粉《こ》が及ぶ。殿とて無傷でいられなくなるのだ」

「ご心配には及びません」

佐久間は強気に出たが、内心では戦《おのの》いていた。奥山の言葉の端々に疑っているような様子が感じられるのだ。

奥山は俺を疑っているのだろうか。その上で、青柳剣一郎から俺を守ろうとしているのか。

わからない。だが、今の敵は青柳剣一郎だ。

「以上だ」

奥山は話を切り上げた。


その夜、佐久間は今戸にやってきたが、何度も振り返り、さらに遠回りをし、用心に用心を重ねておつなの家に行った。

長火鉢の前に座り、横におつなが寄り添う。

「おまえさん。また顔色がよくないわ」

おつなが酌《しゃく》をしながら言う。

「うむ。じつはちょっとまずいことになった」

佐久間は思わずぽろりと漏らした。

「なんです？」

「上役に、そなたのことを疑われている」

「私のことがわかったら拙《まず》いんですか」

おつながすねたように言う。

「そなたとのことは問題ではないが」

佐久間は言いさした。

「じゃあ、何が問題なんですか」

「いろいろあってな」

金の問題だとは言えない。

「いろいろって？」

「いろいろだ」

佐久間は言ってから、

「俺を追い落とそうとする者がいる。そなたとのことを利用するかもしれないのだ」

「まあ」

「だから、当面の間、今までのように頻繁《ひんぱん》には顔を出せない」

「そんな」

おつなはすねたように、

「寂《さび》しいじゃないですか」

「うむ」

いじらしいと思って見ていると、ふいにおつなが目を輝かせた。

「どうした？」

「お願いがあるんですけど」

おつなが甘えるような声を出した。

「なんだ。またおねだりか」

この前は着物を買ったはずだ。金のかかる女だと、佐久間は苦笑した。

「昼間はひとりでつまらないの。それに退屈で」

「そうだな」

しばらく、たまにしか顔を出せないとなると、おつなはひとりぼっちでいるときが多くなる。

「どうだ、猫を飼ったら」

「猫？」

「そこらへんにたくさんいるノラではなくて、浮世絵に描かれているような猫だ。猫がいれば、寂しくあるまい」

佐久間はいい考えだと思いながら、おつなの顔を見た。

「猫ねえ」

おつなは気のない返事をした。

佐久間はあっと思った。

「そうじゃなくて、私、お店をやりたいの。呑み屋さん」

「猫は嫌いか」

「呑み屋？」

佐久間は思わず顔をしかめた。

「お店をやるなら呑み屋ではなく、小間物屋とか……」

「いえ。呑み屋」

おつなはきっとなって言い、

「今戸橋の近くに居抜きのお店が売りに出ているの。いいでしょう」

と、艶《なまめ》かしい目付きで顔を寄せてきた。

佐久間は苦い顔で、頷くしかなかった。

三

同じ頃、八丁堀の屋敷に京之進がやってきた。続いて太助もきた。

「『高樹屋』の巳之助を運んだ駕籠かきから話を聞くことが出来ました。あの夜は、薬研堀《やげんぼり》の料理屋から乗せ、『高樹屋』の近くで下ろしたといいます。後棒の男が駕籠を下りた巳之助のところに、誰かが近づいて行くのを目の端にとらえたそうですが、人相や姿は見ていませんでした」

京之進はさらに続ける。

「内儀や番頭、さらには同業者まで聞き込みましたが、商売上のもめごとはなかったようです。番頭が言っていたように、巳之助はあまり商売には関わっていないので、商売上のことではないでしょう」

「巳之助を訪ねてきた男については何か」

「いえ。今まで、そういう男が訪ねてきたことはなかったそうです」

「うむ」

剣一郎は腕組みをした。

「青柳さま、何か」

京之進がきいた。

「気になる男がいてな」

剣一郎は切り出した。

「七年前のことだ。芝神明宮の近くで、佐吉という男が巳之助を殺そうとしたのだ。姉の仇《かたき》だそうだ」

剣一郎はそのときのことを話した。

「その事件は寺井松四郎が扱ったが、佐吉は軽い罪で解き放ちになった。もう、二度とばかな考えを起こさないと誓ってな」

「その佐吉がやった、とお考えですか」

「いや、ただ七年前のことを思いだしたので気になった。二度と巳之助を襲うことはあるまいと思うが、気持ちが変わることもあるかもしれないのでな」

「わかりました。念のために、佐吉のことを調べてみます」

「うむ。松四郎にきけば、手掛かりが得られるかもしれない」

「わかりました」

「ところで、火盗改のことだが」

剣一郎は問いかけた。

「狐面の盗賊の探索をしていた火盗改の与力は佐久間どのであったな」

「はい。私の管轄内で起きた押込みでは、我らが駆けつけたときにはすでに佐久間秀作さまが来ておりました」

京之進は答える。

「佐久間秀作どのの印象は？」

「はい。有能なお方だそうです。鋭い顔つきのやり手という印象でした」

京之進は答えてから、

「佐久間さまに何か」

と、きいた。

「いや、なんでもない」

「火盗改の狐面の探索はどこまで進んでいるのでしょうか」

「火盗改は狐面の盗賊を捕縛出来なかったことを認めた」

「どういうことでしょうか」

「だが、狐面の盗賊の動きの封じ込めに成功したと見ている」

「狐面の押込みはもうないと」

京之進はきいた。

「賊のおかしらと思しき男は死んだ。狐面の盗賊を追い詰めることは、火盗改自身の利益にならないと判断したようだ」

「そうですか」

「ともかく、巳之助殺しに全力で当たってくれ」

「わかりました」

京之進が引き上げたあと、

「太助」

と、声をかけた。

「火盗改の佐久間秀作どのについて調べてもらいたい」

「あっしが火盗改の与力を調べるのですか」

太助が驚いたようにきく。

「本来なら、隠密廻《おんみつまわ》り同心の作田新兵衛《さくたしんべえ》に任せるのだが、南町が火盗改の与力を調べることは避けたい」

剣一郎は止むを得ないことだと説明する。

「ただし、ずっと張り込んでいる必要はない。見張るのは夜だけでいい。狙《ねら》いは女がいるかどうかだ」

「わかりました」

太助は請《う》け合《あ》う。

「決して無理はするな。尾行していることを気づかれてはならぬ」

「はい」

「火盗改の奥山喜兵衛どのは、わしが探ることを読んで、佐久間どのに自重するように話しているとも考えられる。だから、尾行しても空振りばかりかもしれない。そのつもりで」

剣一郎は焦《あせ》る必要はないと言った。

ただ、佐久間に女がいたとしても自分の俸禄《ほうろく》から囲っているかもしれない。だから、その次は女の暮らしぶりを見なければならない。

巳之助殺しの下手人がわからないまま、ふつかが過ぎた。

三日目の朝、剣一郎が出仕すると、見習い同心がやってきて、植村京之進が会いたいそうだと都合をききにきた。

いつでも構わぬと答えると、すぐに、

「青柳さま」

と、京之進が与力詰所にやってきた。

「ここへ」

剣一郎は招く。

「はっ」

京之進は近づいてきて、

「佐吉の居場所がわかりました」

と、さっそく報告した。

「わかったか」

「はい。佐吉は今、深川《ふかがわ》の小名木川にかかる高橋のそばにある鰻《うなぎ》料理の『川端屋』で下男をしているようです」

「なに、『川端屋』とな」

剣一郎は思わず呟いた。

巳之助が女といっしょに『川端屋』に入って行くのを見たことがあった。佐吉は巳之助が客として来ていることを知っていたのかもしれない。

「それにしても下男なのか」

たしか二十五、六のはずだが……。

「『川端屋』の女将《おかみ》の話では二年前から働いているそうです」

「二年前？」

巳之助はいつごろから『川端屋』に出入りをしているのかが気になった。

「佐吉と会ったか」

「いえ。私が行って、変に警戒心を持たれてもいけないと思い、まだ会っていません。女将にも口止めしています」

「それでいい」

剣一郎は頷き、

「巳之助殺しはどうだ?」

と、きいた。

「それが聞き込みをいくらしても、巳之助を殺したいほど恨んでいる者がいるという話は聞きません」

「巳之助の女からは何か」

当夜、巳之助といっしょにいた女のことだ。

「特に気になるようなことは言っていませんでした。ただ」

京之進は続けた。

「巳之助が付き合っている女は三人いて、ひとりは音曲の師匠、ひとりは芸者。もうひとりは水茶屋の女でした。ですが、亭主持ちの女にもちょっかいをかけているようです」

「亭主持ちの女?」

「この亭主が巳之助を恨んでと思ったのですが、亭主は病で臥《ふ》せっていました。

だから、巳之助が自分のかみさんに言い寄っていることは知らないようです」

「では、女絡《がら》みではないのか」

「はい」

「『高樹屋』の内儀はどうだ？」

剣一郎はきいた。

内儀のことは太助から聞いていたが、念のために訊《たず》ねた。

「夫婦仲は冷えきっていますが、殺すほどでは。内儀は巳之助を見限っています」

「巳之助を追い出したいとは？」

「そこまでは思っていなかったようです。ただ、商売には口を出させず、小遣《こづか》いも十分には与えていなかったと言ってました」

「それにしても女が何人もいる。金はどうなっていたのか」

「女が貢《みつ》いでいたようです」

京之進は不快そうに言った。

「なるほどな」

巳之助は根っからの女たらしなのかもしれない。

そう考えると、やはり佐吉のことが気になる。

もう巳之助を姉の仇として狙わないと佐吉は約束した。だが、『川端屋』で下男をしている佐吉は巳之助が女を連れてやってきたのを見て、怒りが再燃したのではないか。

「こう考えると、佐吉に疑いを向けたくなりますが」

京之進が首を傾《かし》げて言う。

「うむ。佐吉にはわしが会ってみる」

剣一郎は口にした。

京之進が下がったあと、剣一郎は奉行所を出た。


半刻（一時間）後、剣一郎は『川端屋』にやってきて、女将と会った。

「『高樹屋』の巳之助が客で来ていたようだな」

剣一郎はきいた。

「はい。ご贔屓《ひいき》にしていただいておりました。あんなことになるなんて、信じられません」

女将は眉《まゆ》をひそめて言う。

「巳之助はいつも誰と来ていたのだ?」

「女のひとです」

「どんな女だ?」

「それが何人かいらっしゃいます」

「いつも違った女と?」

剣一郎はきく。

「いつもではありませんが」

「なぜ、ここに女連れでくるのだ?」

「奥に離れの座敷があります」

「離れの座敷? 女連れの客が使うのか」

剣一郎は確かめる。

「いえ、出合茶屋ではありません。商売の密談などで、旦那衆もご利用されます。お酒やお食事をお出ししたあとは、呼ばれない限り、店の者は出向きませんので」

女将は強調した。

「一部屋か」

「いえ、四部屋ございます」

「四部屋あるのか」

「はい」

「巳之助はいつごろからここに来ているのだ？」

「一年前からです」

「一年前からか」

剣一郎は呟き、

「ところで、下男の佐吉だが、ここで働くようになって二年ほど経つそうだな」

「はい、そうです」

「仕事振りはどうだ？」

「真面目《まじめ》で、一生懸命働いてくれています」

女将は満足そうに言う。

「すまぬが、佐吉に会いたいのだが」

剣一郎は切り出した。

「佐吉が何か」

女将は表情を曇《くも》らせ、

「同心の旦那も佐吉のことをききに来ました」

と、不安そうに言う。

「じつは、わしが佐吉を探すように頼んでいた」

「青柳さまは佐吉をご存じなんですか」

女将は驚いたようにきく。

「七年前に会っている。ひょんなことからまた、佐吉に会いたくなって探したのだ」

「そうでございましたか」

女将は頷き、

「では、呼んで参ります。今、薪《まき》割りをしていると思います」

「いや、そこまで行こう。案内してくれるか」

「わかりました」

女将は土間に下りて庭にまわった。

剣一郎もあとについて行く。

裏庭に行くと、物置小屋があって、その近くで斧《おの》を振っている男の姿が見えた。

女将が声をかけると、男は斧を持ったまま振り返った。色白で、痩《や》せている。まさしく、佐吉だった。七年前とあまり変わっていない。

女将が何か言い、佐吉がこっちに顔を向けた。

「佐吉、久しぶりだ」

剣一郎は近付き、声をかけた。

「青柳さま」

佐吉は驚いた表情で軽く会釈《えしやく》をした。

「では、私は」

女将は引き上げた。

「まさか、ここで働いているとは思わなかった」

「縁がありまして」

佐吉は言葉少なに言う。

「どこで寝泊まりを？」

剣一郎は確かめる。

「勝手口の近くに小屋があります。そこで」

「夜は出かけることはあるのか」

「いえ、出かけません」

佐吉は首を横に振る。

「佐吉」

剣一郎は鋭く声をかけ、

「先日、巳之助が殺された」

と、口にした。

「………」

佐吉に反応がなかった。

「知っていたのか」

「いえ」

「驚かないのか」

「もう関係ない男ですから」

剣一郎はきく。

佐吉は冷ややかな声で言う。

「何とも思わないと？」

「はい」

佐吉は無表情だ。

「巳之助は『川端屋』の客だった。気づいていただろう」

「はい」

「巳之助はここには女連れで離れの座敷に来ていたようだ。相変わらずの下衆《げす》ぶりだ。それでも昔を思いだすことはなかったのか」

「恨むだけ無駄ですから」

佐吉は冷めた声で言う。

「そうか。仕事の手を休ませてしまったな。また何かあったら、話を聞きにくるかもしれぬが」

剣一郎は巳之助殺しで疑っていることを暗に示した。

「わかりました」

剣一郎は引き上げた。

途中で振り返ると、佐吉が物置小屋に歩いて行くところだった。

おやっ、と剣一郎は思った。佐吉は左足を引きずっている。ゆっくりした歩みだ。

剣一郎は佐吉のところに戻った。

「佐吉」

剣一郎は声をかけた。

佐吉が物置小屋の前で振り返った。

「そなた、その足はどうした？」

「へえ、愛宕《あたご》神社の石段で足を踏み外しちまって」

佐吉は苦い顔をし、

「一番上から下まで転がり落ちてしまいました。それで、このありさまです」

と、答えた。

「いつのことだ？」

「五年前です」

「そんな前にか」

「左官の仕事も出来ず、今はどうにかここで……。思うように歩けないので、仕事は遅くて叱《しか》られてばかりですが」

佐吉ははじめて自嘲《じちよう》ぎみに顔を歪めた。

「そうだったか」

剣一郎は佐吉の足を見た。やはり、少し変形しているようだ。

『高樹屋』に現われた男は佐吉ではない。剣一郎はほっとした気持ちで、『川端屋』をあとにした。

四

奉行所に戻った剣一郎は、寺井松四郎を呼んだ。

「遅くなりました。ただいま、戻りました」

寺井松四郎が与力詰所にやってきた。

「ごくろう」

剣一郎は声をかけ、

「その後、どうだ？」

と、きいた。

「申し訳ありません。まだ」

矢五郎殺しに進展はなかった。

「激しく降る雨の中を、矢五郎がひとりで出かけたという勘蔵の言葉を疑って、いろいろ鎌《かま》をかけて追及しているのですが」

「あの勘蔵はしたたかだ。ちょっとやそっとのことでは尻尾《しっぽ》を出すまい」

剣一郎は厳しい顔で言う。

「これだけ聞き込みをして見つからないのですから、矢五郎が後家のところに行ったというのは勘蔵の作り話と考えていいと思いますが、勘蔵が嘘《うそ》を言っているという証《あかし》がないので、強く出られません」

寺井は言い、

「思い切ってしょっぴいて取調べをしたいところですが」

と、口惜しそうに呟いた。

「いや、無理だ。証がないことを知っている」

「矢五郎を殺したのは勘蔵ではないのでしょうか」

寺井が言う。

「確かに、自分がおかしらになりたいために矢五郎を殺したということも考えられなくはない。だが、狐面の盗賊は解散した。ならば、おかしら云々《うんぬん》は狙いが違う」

剣一郎は続ける。

「『一筆堂』を乗っ取るためなら、矢五郎が貯めていた金も手に入れることが出来る。しかし、そんなことをしたら、他の一味の者が黙ってはいまい。勘蔵に反発する者がいるはずだ」

矢五郎は押込みのおかしらだったが、ひと殺しはしていない。手下を力で押さえつけるような横暴な男には見えなかった。勘蔵も矢五郎には忠実だったようだ。

だから、勘蔵が矢五郎を殺したとは思えないのだ。

ただ、勘蔵は下手人を知っている。そして、庇《かば》っている。だから、後家の話を持ちだして探索を間違った方向に導こうとしているのだ。

そう考えると、下手人についてある想像が働く。

「じつは、下手人について、わしはある想像をしている」

剣一郎は口にした。

「だれですか」

寺井は身を乗り出した。

「火盗改の与力、佐久間秀作どのだ」

「佐久間さまが？」

寺井は顔色を変えた。

「そうだ。わしは前々から、佐久間どのは狐面の盗賊と通じていると睨《にら》んでいた。そこで、火盗改の長官の天野剛之進さまに疑問をぶつけた。先日、天野さまの名代として、奥山喜兵衛どのが奉行所に、火盗改に疑惑はないと告げにきた。わしは、佐久間どのを庇ったと思っている。いや、佐久間どのを庇ったのではなく、天野剛之進さまに責任が及ぶのを防いだのだと解釈した」

剣一郎は『一筆堂』の矢五郎こそ狐面の盗賊のおかしらだったと告げ、佐久間秀作と矢五郎は通じ合っていたと、自分の考えを述べた。

「矢五郎殺しで、疑わしい人物が浮かばない今、わしは佐久間どのに疑惑を向けていいような気がしている」

「………」

寺井は唖然としている。

「証はなく、あくまでもわしの勘《かん》、いや想像でしかないが、あの雨の日、どこかで佐久間どのと矢五郎は会っていたのではないか。そこで、何かが起きたのだ。佐久間どのと矢五郎は何かで対立をした。それが何かはわからないが……」

「あの激しい雨の中を矢五郎は佐久間さまに会いに行ったのですか」

「雨が激しくなったのは夕方からだ。おそらく、まだ雨がひどくならない昼間に会っていたのではないか。勘蔵もいっしょだ」

「では、勘蔵は矢五郎が殺されるのを目の当たりにしていたと？」

寺井がきき返す。

「そうだ。だが、勘蔵は矢五郎が火盗改に殺されても抗議は出来なかった……。いや、そのときになって、勘蔵は矢五郎に取って代わろうという気持ちになったか、佐久間どのが矢五郎に代わっておかしらになれと言ったか」

剣一郎は首を振り、

「いや、おかしらになるということではないな。狐面の盗賊は矢五郎の死をもって解散したと思われるのだから」

と、口にする。

「青柳さま」

寺井が表情を曇らせ、

「下手人が火盗改だとすると、その探索は非常に難しいものになりますね」

と、困惑したように言う。

「雨の日、佐久間どのと矢五郎はどこかで会っていたのは間違いない。これからは、そのことを重点的に……」

そこまで言ってから、剣一郎ははっと気づいたことがあった。

『川端屋』の離れだ。女連れの客や商売の密談などで旦那衆も使うと女将は言っていた。離れは四部屋あるという。

別々に部屋をとり、途中で合流すればいいのだ。

「『川端屋』かもしれぬ」

「『川端屋』？」

「鰻料理で有名な『川端屋』だ。そこには離れ座敷があるそうだ。それも四部屋。密談には都合がいいようだ」

剣一郎は立ち上がった。

「これから、確かめてくる」

「わかりました」

寺井は少し興奮していた。

半刻（一時間）後、剣一郎は再び『川端屋』に行った。

女将が出てきて、

「また、佐吉のことで？」

と、きいた。

「いや、別の件だ。どこか、空いている部屋はないか。他人に聞かれたくないのだ」

剣一郎が言うと、女将は不安そうな顔になって、

「どうぞ」

と、帳場の横の小部屋に案内した。

向かい合ってから、剣一郎は切り出す。

「先日、激しく雨が降った日、離れ座敷に本所亀沢町にある『一筆堂』の主人矢五郎と番頭の勘蔵が来ていなかったか」

「さあ、どうでしたか」

女将は首を傾げた。

「調べてはもらえぬか」

「ええ」

「どうした?」

「離れのお客さまは内密な用でお使いになられることが多いので、お名前は……」

「しかし、矢五郎と勘蔵は主人と番頭だ。隠す必要などなかろう」

「そうですね」

「それに、矢五郎は不慮の死を遂げている」

「わかりました。確かに、いらっしゃってました」

女将はやっと答えた。

「来ていたか。で、ふたりはいつ帰ったのだ？」

「夕七つ（午後四時）ごろだったと思います」

女将は答える。

「矢五郎と勘蔵はいっしょに帰ったのか」

剣一郎は確かめる。

「いえ、私がお勘定をとりに部屋に入ったときは、番頭の勘蔵さんだけでした」

「なに、勘蔵だけ？」

「はい。矢五郎さんは一足先に帰ったということです」

「帳場にいて、矢五郎が帰ったことに気づかなかったのか」

剣一郎は問い詰めるようにきく。

「裏から帰ったそうです」

「裏から？」

「はい。離れは庭から自由に入れるのです。他のお客さまの目を気にせずにご利用いただけるように」

「履物は？」

「それぞれの部屋の前の土間で脱ぐようになっています」

離れを使う客はいったん帳場に顔を出し、部屋の名前を聞いてから庭にまわり、離れに向かうという。

「ほんとうに矢五郎は先に帰ったのか」

「勘蔵さんはそう仰《おつしや》っていました。雨が激しくなってきたので、一足先に引き上げたと」

「では、矢五郎が引き上げるところを誰も見ていないのだな」

「はい」

女将は心配そうな表情で、

「そのことが何か」

と、きいた。

「ここを引き上げたあと、矢五郎が殺されたことを知っているな」

「はい。驚きました。あとで、勘蔵さんがやってきて、いったん家に戻ったあと、また出かけていって不幸に遭《あ》ったと言ってました」

「勘蔵はわざわざそのことを言いに来たのか」

「はい」

「ところで、同じ日に、火盗改与力の佐久間秀作どのが来ていなかったか」

「お見えでした」

女将は間を置いて答えた。

「一緒にいた者の名前はわかるか」

「野中さまというお侍さまともうひとり、目付きの鋭い遊び人ふうの男がいました」

遊び人ふうの男は佐久間が使っている密偵かもしれない。

「佐久間どのの部屋と矢五郎の部屋の配置は？」

「………」

女将は躊躇《ちゆうちよ》している。

「どうなんだ？」

「佐久間さまは桜の間で、矢五郎さんは梅の間でした。ふたつの部屋は隣り同士です」

女将は答えてから、

「何かあるのでしょうか」

と、不安そうにきいた。

「いや、たいしたことではない」

剣一郎は言ってから、

「部屋は女将のほうで決めるのか。矢五郎が梅の間に入ったのは偶然か」

と、きいた。

「いえ、矢五郎さんは梅の間を気に入っているみたいで、いつもその部屋を指定してご予約をなさいます」

「佐久間どのの場合は？」

「佐久間さまも」

女将は今気づいたように目を見開き、

「そういえば、いつも佐久間さまは桜の間を……」

何かを感じたのか、女将の顔が強張《こわば》った。

「佐久間どのと矢五郎はいつも同じ日にやって来ていないか」

剣一郎は確かめる。

「そういえば……」

「どのくらいの間隔で来ているのだ？」

「ふた月か三月《みつき》に一度でしょうか」

狐面の盗賊が押込みをする前か後か。

「矢五郎が佐久間どのの部屋に入って行くのを見たことはないか」

「いえ。ありません」

女将は硬い顔で答える。

両者はここの離れを使って何らかのやりとりをしていたのだ。だが、あの日に限っては何か問題が起きたのだ。

剣一郎は想像する。

あの雨の日、桜の間で佐久間秀作は矢五郎の腹部と胸を刺して殺した。そして、密偵の男が雨の中を死体を担《かつ》いで小名木川まで行き、川の中に放り込んだのではないか。返り血も雨で洗い流された。激しい雨が佐久間たちに幸いした。

誰にも見られなかったのだ。

死体は大横川のほうまで流された。

しかし、今のは想像に過ぎない。隣り合わせに部屋を借りたというだけでは殺しの証にはならない。

「離れに客はもう入っているのか」

「いえ、まだです」

「すまないが、離れを見せてくれぬか」

「離れをですか」

女将は困惑したように眉を寄せた。

「庭から眺めるだけでいい」

「わかりました」

女将は土間に下り、庭にまわった。

途中、右手に勝手口があり、その近くに小屋が建っていた。佐吉の住まいだろうと思った。そこを過ぎると、木戸があり、女将は中に入った。

剣一郎も続いて、

「客は案内なしで、この木戸から指定された座敷に向かうのか」

と、確かめた。

「さようで」

内庭に入ると、真ん中は植込みで、池があり、石灯籠《いしどうろう》が建っていた。

左右に部屋がふたつずつ並んでいた。各部屋の脇には入口があり、そこで履物を脱いで部屋に上がるようになっていた。正面にあるのが厠《かわや》だ。

左の部屋が手前から梅の間、桜の間。右の部屋が萩《はぎ》の間、菊の間となっていた。

「あの日、萩の間と菊の間にも客がいたのか?」

剣一郎はきいた。

「はい」

「連れは?」

「共に女のひとでした」

いつぞや、『高樹屋』の巳之助が女と『川端屋』に入って行くのを見たが……。

念のために、剣一郎はきいた。

「その客の名を聞かせてもらえぬか」

「それは……」

女将は戸惑《とまど》った顔をした。

「そうだな、本人に無断で教えられぬな」

剣一郎は女将に理解を示し、

「では、きき方を変えよう。『高樹屋』の主人の巳之助が来ていなかったか」

と、きいた。

「『高樹屋』の……」

女将の声が上擦った。

「どうだ？」

剣一郎はさらに迫るようにきいた。

「はい。いらっしゃっていました」

女将は喉《のど》に引っ掛かるような声で言った。

「来ていたか。部屋はどこだ？」

「菊の間です。右手の奥です」

剣一郎は内庭に入り、菊の間の前に立った。

庭をはさんで向かいが佐久間秀作がいた桜の間だ。間に植込みがあって視界を遮《さえぎ》っている。おまけに激しい雨だ。桜の間で何か異変があったら、菊の間の巳之助は気づくだろうか。

いや、殺しは部屋の中で行なわれただろうから気づいたとは思えない。問題は運び出すときだ。

あの日、巳之助は厠に行くとき、桜の間から誰かが大きな荷物を担いで出てきたのを見た。巳之助はそれが死体だとはわからなかった。

だが、佐久間秀作は感づかれたと思い、口封じのために巳之助を……。

しかし、佐久間はその男が巳之助だとどうしてわかったのか。

「つかぬことをきくが、桜の間の佐久間どのから離れの客のことをきかれなかったか」

剣一郎はきいた。

「………」

女将は息を呑み込んだ。

「きかれたのか」

「はい」

「教えたのだな」

「はい。あの雨の日に離れにいた客が命を狙われている。助けるためにも、客の名を教えろと言われて」

「萩の間の客はだれだ？」

「『長崎屋』の重助さんです。佐賀町の口入《くちい》れ屋《や》です」

「重助だな」

剣一郎はその名を頭に入れてから、

「巳之助の連れの女は誰かわかるか」

「いえ、名前は聞いていません」

「そうか」

剣一郎は考え込んだ。

「青柳さま。何かあったのでしょうか」

女将が青ざめた顔で、

「雨の日に離れを使ったお客さまがふたりも殺されるなんて」

「偶然だ。深く考えなくていい」

剣一郎は落ち着かせるように言った。

「もう、ここはよい」

そう言い、剣一郎は木戸のほうに向かった。

来た道を戻ると、ちょうど勝手口の近くにある小屋から佐吉が片足を引きずりながら出てきた。物置小屋のほうに向かうようだ。

「足が悪い佐吉をよく雇《やと》ったな」

剣一郎はきく。

「下男の仕事にはさしたる影響はありませんので。ただ、遠出の使いは無理ですが」

女将が答える。

「佐吉に声をかけて引き上げる。ごくろうだった」

「はい」

女将とそこで別れ、剣一郎は佐吉のあとを追った。

「佐吉」

剣一郎は声をかける。

佐吉は立ち止まって振り返り、

「青柳さま」

と、会釈をする。

「ちょっとききたい」

「はい」

「そなたは離れに入って行く客を目にすることはあるか」

「はい。ときたまお見かけします」

「先日の雨の日、離れの部屋を使った客のことだ」

「はい」

「桜の間と梅の間の客のことだが」

「私はお客さまのことを存じ上げませんので」

「そうか。その日の夕方、大きな荷物を担いで離れから出てきた男を見ていないか」

「いえ」

佐吉は首を横に振った。

「見ていないか。わかった。呼び止めてすまなかった」

剣一郎が言うと、佐吉は軽く会釈をして物置小屋のほうに向かった。

足を引きずって歩く後ろ姿を、剣一郎はじっと見つめていた。

五

『川端屋』をあとにし、剣一郎は高橋を渡り、北森下町《きたもりしたちょう》を過ぎ、竪川を越えて、本所亀沢町の『一筆堂』の前に立った。

まだ屋号は変わっていない。客が出入りをしている。筆の種類も多く、硯《すずり》や紙なども置き、文具屋に変わっていた。

剣一郎は店先に立った。店番をしている男に、

「勘蔵を呼んでもらいたい」

と、頼んだ。

「少々お待ちを」

店番の男は奥に向かった。

しばらくして、勘蔵が現われた。

「これは青柳さま」

勘蔵は如才《じょさい》なく言う。

「ききたいことがある。大事なことだ」

剣一郎が切り出すと、勘蔵は表情を変えず、

「では、お上がりください」

と、勧めた。

剣一郎は腰から刀を外して、板敷きに上がった。

客間で、剣一郎は勘蔵と差し向かいになった。

「青柳さま。大事なこととはなんでございましょうか」

勘蔵が落ち着いた声できいてきた。

「矢五郎を殺した下手人は杳《よう》としてわからぬ。そなたが言っていた後家も存在するから怪しくなってきた」

「まことに不思議で」

勘蔵はわざとらしく首をひねり、

「旦那さまは私に偽《いつわ》りを話していたのでしょうか」

と、口にした。

「ほんとうに矢五郎はそんなことを言ったのか」

「はい。確かに仰いました」

「雨が激しく降る中、矢五郎は出かけていったということだったな」

「はい」

「しかし、昼間、そなたと矢五郎は『川端屋』の離れに行っているな」

剣一郎は相手の顔色を窺《うかが》う。

勘蔵は表情を変えず、

「はい。さようで」

「そのことは一度も言っていなかったが」

「関係ないことなので、あえてお話はしませんでした」

「しかし、妙だな」

剣一郎は呟いて続けた。

「『川端屋』から矢五郎は一足先に引き上げたそうではないか」

「そうでした」

勘蔵は頷いた。

「そなたは残って勘定を済ませたが、そのとき、矢五郎についてそなたはこう言っている。雨が激しくなったので一足先に帰ったと」

「…………」

「どうなんだ?」

「そうでした」

「先に帰った矢五郎はそなたが帰ってくるのを待って、雨の中を再び出かけたことになるな」

「ええ」

「激しく降る雨を用心した矢五郎が、なぜまた出かけたのだ？」

剣一郎は問い詰めるようにきく。

「ですから、後家のことが心配になって急に思い立ったのだと」

「雨が激しくなってきて、『川端屋』から先に引き上げようとしたのだ。そのとき、矢五郎は後家のことに思い至らなかったのか。ふつうなら『川端屋』から後家のところに向かう方が自然ではないか」

「さあ、旦那さまはどう思っていたのか」

勘蔵は首をひねる。

「本来なら、そなたはこう答えるべきだった。寄るところがあるからと言って、矢五郎は『川端屋』を一足先に引き上げたと」

剣一郎は勘蔵の表情を窺い、

「だが、矢五郎はあくまでもこの家から出かけて行ったことにする必要があった」

と、言い切った。

「それは『川端屋』にいたことを隠したかったからだ」

「………」

勘蔵から返事はない。

「どうだ？」

「いえ、そんなことはありません」

「『川端屋』にいたことを隠そうとしたわけは、火盗改与力の佐久間秀作どのと会っていたことを知られたくなかったからだ」

「青柳さま。仰ることがわかりません。火盗改与力とはどういうことでしょうか」

勘蔵はとぼけた。

「そなたと矢五郎は『川端屋』の離れの部屋で、密《ひそ》かに火盗改と会っていたのだ」

「とんでもない。そんなことはしていません」

勘蔵は手を振って否定し、

「他の部屋にどなたが来ていたかなど、私たちは知りません」

「そなたたちはいつも梅の間を所望していたそうだな。火盗改はいつも桜の間だ。ふたつの部屋は隣り合わせだ。さらに、両者はいつも同じ日に『川端屋』を利用している」

「さあ、私はよそさまのことはわかりませんが、もしそうであれば、奇妙な偶然が重なったとしか考えられません」

勘蔵はまったく動じなかった。

その根拠はわかった。火盗改与力の佐久間秀作が絶対に認めるはずがないと信じているのだ。

疑惑がいくら深まろうが、証がなければ何の手出しも出来ない。勘蔵はそのことを承知して強気に出ているのだ。

「ただ、どうしてもわからぬことがある」

剣一郎は一方的に自分の考えを話し続けた。

「なぜ、火盗改が矢五郎を殺したかだ。そして、矢五郎が殺されたのに、なぜそなたが火盗改に恨みを晴らそうとしないのか」

「…………」

「その謎が解けたら、また参る」

剣一郎はそう言い、立ち上がった。

勘蔵が腰を上げるまで少しの間があった。

その夜、剣一郎は八丁堀の屋敷に植村京之進と寺井松四郎を呼んだ。

ふたりがいっしょにやってきたのは六つ半（午後七時）だった。京之進は巳之助殺しを、寺井は矢五郎殺しを探索している。

「巳之助殺しは矢五郎殺しとつながっているかもしれぬ」

ふたりの顔を交互に見て、剣一郎は切り出した。

「矢五郎は『川端屋』の離れで殺されて、小名木川に放り込まれたのではないかと思われる。そして、巳之助はその殺しを見ていたために、口封じで殺されたのだ」

剣一郎は『川端屋』で何が起こったかを説明した。

聞き終えて、ふたりは唖然としていた。

「わしの想像に間違いはないと思っているが、証はない。まだ、わからないことがある。たとえば、佐久間秀作どのはどうして巳之助に見られたことに気づいたのか。そもそも、巳之助が殺しに気づいたきっかけもわからない」

剣一郎は厳しい顔で言い、

「相手は火盗改の与力だ。生半可な証では落とせない」

と、気負って言う。

『川端屋』に与力の佐久間さま、同心の野中どのの、そして密偵らしき男がいたのですね。すると、矢五郎の死体を担いで小名木川に投げ捨てたのは、その密偵かもしれませんね」

寺井が想像する。

「うむ。あるいは野中どのとふたりで運んだか」

剣一郎は言う。

「『高樹屋』に巳之助を訪ねた男はその密偵に違いありません」

京之進は決めつけて言う。

「そのことをどう明かすかだ」

剣一郎は京之進に顔を向け、

「雨の夜に、巳之助といっしょに『川端屋』に行った女のことはわかったのか」

「はい。神田岩本町《いわもとちょう》にある『三沢屋《みさわや》』という下駄屋の内儀で、おさんと言います。亭主は中風《ちゅうふう》で寝たきりのようです」

「その日、巳之助に何があったか聞きだしてほしい」

「わかりました」

「いずれにしろ、今の考えをもとに、もう一度事件を洗い直してもらいたい」

剣一郎はふたりに言った。

「畏《かしこ》まりました」

ふたりが引き上げたあと、庭先にひとの気配がした。

「太助か」

障子《しょうじ》越しに、剣一郎は声をかける。

「へい」

「上がってこい」

障子が開いて、太助が入ってきた。

「だいぶ前に来ていたのではないのか」

「へえ、お話の最中だったので」

「では、台所に行き、飯でも食っていればよかったものを。夜は冷える」

「お話を聞きたかったので」

「そうか。じゃあ、腹が空《す》いたろう。食べてこい」

「いえ、空いてません」

「嘘を言うでない。腹の虫が鳴いている」

「えっ」

太助はあわてて腹を押さえた。

「さ、行ってこい」

「その前にお知らせしたいことが」

太助は意気込んで言う。

「何か」

「左の二の腕に竜の彫り物がある男に出会ったんです」

「ほんとうか」

剣一郎は太助の顔を見た。

「はい。亀沢町の得意先で猫の様子を見た帰り、回向院の脇を通ったら、男の子が松の樹で遊んでいたのですが、枝から下りられなくなって泣いていたんです。そしたら、通り掛かった遊び人ふうの男が樹に攀《よ》じ登って男の子を下ろしてやりました。そのとき、男の左の袖《そで》がまくれ、二の腕の彫り物が見えたんです。竜の彫り物でした」

太助は続ける。

「それであとをつけました。亀沢町に入ったとき、てっきり『一筆堂』に行くのかと思ったら違いました。押上村のお寺に」

「矢五郎の墓参りか」

「はい。そうです。それで、引き上げる男のあとをまたつけました。男は元鳥越《もととりごえ》町《ちょう》の裏長屋に入っていきました。近所のひとにきいたら、平吉という名だそうで、特に何もやっていないようです」

「平吉か。よくやった。明日、案内してくれ」

「わかりました」

「じゃあ、飯を食って来い」

「夜が遅いのにいいのでしょうか」

「遠慮はいらぬ」

「へい」

太助は部屋を飛び出して行った。

多恵の喜ぶ顔が目に浮かんだ。

翌日の朝、剣一郎と太助は鳥越神社の前を通った。

長屋木戸の前で、太助は立ち止まった。

「入ってみますか」

「いや、気づかれたら警戒される」

剣一郎は木戸から離れ、

「平吉は狐面の一味の誰かと付き合いがあるはずだ。泳がせ、平吉の動きを探るのだ」

「わかりました」

長屋の大家に訊ねてもいいが、平吉の耳に入って警戒されても困る。

剣一郎と太助が鳥越神社の前に差しかかったとき、前方から三十前の遊び人ふうの男が歩いてきた。

剣一郎と太助は鳥居をくぐった。鳥居の柱の陰から行き過ぎる男を見送る。

「平吉のところに行くのかもしれない。確かめるのだ」

「はい」

太助はすぐに男のあとを追った。

剣一郎は境内で四半刻（三十分）近く待った。

太助が戻ってきた。

「平吉の住まいに入って行きました」

「あの男も仲間だ」

剣一郎は確信した。

矢五郎が死んで、狐面の盗賊は解散した。

勘蔵と『一筆堂』に新たに入ったふたりの奉公人も一味の者だ。一味は十人ほどいたから、残りは五、六人。

そのうちのひとりが平吉で、もうひとりが今の男だ。

「戻って来ました」

男がひとりで戻ってきた。鳥居の前を横切っていく。

「つけます」

太助は鳥居を飛び出して行った。

ようやく、狐面の盗賊の全貌が明らかになりつつあると、剣一郎は手応えを感じていた。

第四章　もうひとりの男

一

昼過ぎ、佐久間秀作が日本橋堀留町にある蕎麦《そば》屋の二階の小部屋で酒を呑《の》んで待っていると、野中丈太郎と銀次がやってきた。

部屋に入るなり、野中が厳しい顔で、

「どうやら青痣与力《あおあざよりき》が『川端屋』の離れ座敷に目をつけたようです。あの雨の日のことを、女将《おかみ》にいろいろきいていたそうです」

「そうか」

佐久間は顔をしかめ、

「さすがは青痣与力と讃《たた》えたいところだが、そうはいかぬ」

佐久間は冷笑を浮かべ、

「巳之助がいなくなった今、何も恐れることはない」

佐久間は自信に満ちた声で、

「巳之助殺しを矢五郎の件と結びつけたにしても、何の証《あかし》もないのだ」

と、言い放つ。

「ただ、気になるのが、巳之助といっしょにいた女だ。その女のことは何かわかったか」

「わかりました」

銀次が答え、

「あの女は神田岩本町にある下駄屋の内儀《おかみ》でした」

「内儀？　亭主持ちか」

「そうです。器量《よ》好しで評判の内儀です。ただし、亭主は中風《ちゅうふう》で寝たきりのようです。それを幸いに、巳之助がくどいていたんでしょう。内儀は親戚や奉公人の手前もあるので、巳之助と『川端屋』の離れに行ったことは隠しておきたいようでした」

「脅迫状のことは？」

「何も知らないようでした。この女は心配いらないと思います」

「うむ」

佐久間は安心して酒を呷《あお》った。

「佐久間さま。ひとつ懸念が」

野中が切り出す。

「なんだ？」

佐久間は野中に顔を向ける。

「『長崎屋』の重助です。一度、脅迫状の件で重助を問い詰めました。そのことを重助が青痣与力に話すかもしれません」

野中が表情を曇《くも》らせて言う。

「そうだったな」

佐久間も苦い顔をした。

「重助はべらべら喋《しゃべ》るでしょうか」

野中は不安を口にする。

「脅迫状のことで火盗改に問い詰められたと重助が話したら、青痣与力は巳之助が脅迫状を書いたと察するかもしれぬな」

佐久間は顔を手のひらでこすり、

「殺しておくべきだったか」

と、悔やんだ。

「今からでも始末しましょうか」

野中が恐ろしい形相《ぎょうそう》になった。

「いや、これで重助を殺したら、離れ座敷にいた我ら以外は全員殺されたことになる。かえって疑いが増す」

佐久間はふと気がついた。

「重助には脅迫状の中身については言っていないな」

「ええ、矢五郎の名も出していません。確か、ある人物に脅迫状が届いた。中身は言えぬが、その者が『長崎屋』の主人かもしれぬと言ったかと」

野中は思いだして言う。

「そうだったな」

佐久間はにやりとし、

「それなら逃げ果《おお》せる」

と、自信を持った。

「じゃあ、重助はこのままに」

「うむ。放っておけ」

佐久間は言ってから、

「念のために脅迫状を受け取ったという人物を創り出しておこう。誰か適当な人物はいないか」

と、銀次にきいた。

「おります。話をつけておきます」

「頼んだ」

あとは懸念材料はないかと、佐久間は考えを巡らせた。

「他に何もないな」

佐久間は安心して言い、

「いずれにしろ、我らには火盗改という看板がある。青痣与力がどれほどの者だろうが、我らにうかつに手は出せないはず」

と、ほくそ笑《え》んだ。

が、野中は真顔で、

「佐久間さま」

と、低い声を出した。

「なんだ?」

「失礼でございますが、気になるのはおつなさんのことです。もし、おつなさんとのことが知られたら……」

いきなり、野中はおつなのことを言いだした。

「心配するな。今は遠ざかっている」

「そうですか。それならいいのですが」

野中はほっとしたように言う。

「野中、何かあったのか」

佐久間は不審を持った。

「別に」

野中は曖昧《あいまい》に言う。

「隠すな。言ってみろ」

佐久間は問い詰めた。

「はあ」

野中は迷っていたが、

「じつは奥山さまから……」

と、口にした。

「奥山さまがなんと？」

「佐久間さまが女にうつつを抜かしていないかと私にきいてきました。そんなことありませんと答えておきましたが、十分に気をつけるように言っておけと」

「奥山さまは俺を信じていないのか」

佐久間は愕然《がくぜん》とした。

「どういう意味で仰《おつしや》ったのかわかりません」

野中は困惑したように言い、

「でも、当面は今戸には足を向けないほうがよろしいかもしれません」

と、忠告した。

「この三日、顔を出していない」

「そのままもうしばらくは我慢されたほうがよろしいかと思います」

野中の言葉に反発を覚え、佐久間はたまらなくおつなに会いたくなった。

暮六つ（午後六時）の鐘が鳴っている。

佐久間は今戸にやってきてしまった。用心に用心を重ね、わざとおつなの家の前を素通りし、しばらく行ってから引き返す。尾行者がいないのを確かめて、素早く小さな門を入り、格子戸の前に立った。

戸を開け、

「俺だ」

と、土間に入って呼びかける。

住込みの婆《ばあ》さんが出てきた。

「おつなは？」

佐久間は部屋に上がってきいた。

「出かけています。そろそろ、お帰りだと思いますが」

婆さんは戸惑《とまど》いぎみに答える。

「どこに行ったのだ？」

「新しいお店を見に行くと仰ってました」

今戸橋の近くに居抜きの店が売りに出ていた。おつなはそこを買い取り、新しく呑み屋をはじめようとしていた。

「まだ、決めたわけではないのに」

佐久間は顔をしかめた。

「いつ出かけたのだ？」

「昼過ぎです」

「昼過ぎ？」

長過ぎると、佐久間は思わず顔をしかめた。

「おつなはちょくちょく昼間に外出しているのか」

「ええ、いえ」

婆さんは曖昧に言葉を濁《にご》した。

「外出しているのだな」

佐久間は不快になった。

「旦那《だんな》さまがいらっしゃらないから退屈なんでございましょう」

婆さんはおつなの肩を持つように言う。

「ちょっと見てくる」

じっとしていられず、今戸橋の近くの店まで行ってみようとした。

「直《じき》に、お帰りになります」

婆さんは引き止めた。

「いや、見てくる」

胸がざわつき、落ち着いていられなかった。

佐久間が土間に下りようとしたとき、格子戸が開いておつなが帰ってきた。

「あら、おまえさん」

一瞬、おつなが眉《まゆ》を寄せたような気がした。

おつなは戸を閉めるとき、外に目をやった。

「どうした、誰かいるのか」

佐久間はきいた。

「誰もいませんよ」

「今まで、どこで何をしていたんだ？」

佐久間はいらだってきいた。

「売りに出ているお店を見てきたんですよ」

おつなは部屋に上がった。

「まだ買うと決まったわけではない」

佐久間は憤然《ふんぜん》という。

「あら、今日、手付けを打ってきましたよ」

「なに、俺に相談もなくか」

「相談しようにも来てくれなかったじゃないですか。それとも、役宅まで押しかけてもよかったのですか」

おつなは開き直ったように言う。

「いや」

「だって、寂《さび》しかったんですもの」

佐久間はどうも気になる。

「呑み屋をはじめるにしても、板前はどうするのだ?」

「心当たりがあるんです。前に働いていた料理屋の板前さん」

「前の?」

おつなは神田明神境内にある料理屋の女中だった。

女に夢中になることはないと思っていただけに、自分でも意外だった。おつなも自分に好意を寄せてくれた。出来ることなら妻にしたいとさえ思った。

その気になれば、おつなを誰ぞの養女にして、その上で妻にすることも出来たが、おつなは武士の妻は柄ではないと拒《こば》んだ。

そこで、その代わりに、この家に囲うことにしたのだ。

それから二年になる。

「店を持ったら、この家はどうするのだ?」

「ふたりで会うときはここに帰ってきますよ」

「普段は、店の二階で過ごすのか」

「ええ」

「だめだ」

佐久間は言下に否定した。

「なぜです？」

おつなは冷たい目を向けた。

「なぜって……」

佐久間は困惑した。

嫉妬《しっと》でしかないのだ。

答えないでいると、おつなは立ち上がって居間から出て行ってしまった。

なんとなく、胸のざわつきが治まらない。

佐久間は隣の部屋に行く。おつなは濡縁《ぬれえん》に出て、内庭を眺めていた。

「何しているんだ？」

佐久間は声をかける。

「ただ庭を」

「寒いだろう」

「いつもひとりぼっちで寂しいんですよ。毎晩来て泊まってくれるならいいけど……」

いきなり、おつなは訴えるように言う。

「お店で、お客さんを相手にしていたら気が紛《まぎ》れるし、それに、わずかでも稼《かせ》ぎになればと思って」

「正直言うと、おまえが他の男と楽しそうにしていると思うと、落ち着かなくなるのだ」

佐久間は不安を口にした。

「私がおまえさん以外に目をくれると思っているんですか」

おつなはわざと怒ったように言い、

「私って、そんなに信用がないんですか」

と、嘆くように言う。

「いや、そうではないが」

佐久間はあわてて答える。

「さあ、中に入ろう」

佐久間は声をかけ、おつなを先に部屋に入れ、自分も足を踏み入れようとしたとき、外で微《かす》かな物音がした。

狭い庭で、塀《へい》までそれほど離れていない。佐久間は塀に目をやった。ひとの気配がした。誰かが息をひそめているようだ。

佐久間は庭に下りようとした。

「おまえさん、どうかしたんですか」

おつなが大きな声を出した。

何者かが塀から離れていく気配がした。おつなの声に驚いて去っていったのではない。おつなが教えたのだ。

さっき、帰ってきたとき、おつなの後ろに誰かがいるような感じがした。

佐久間は愕然とした。おつなに男がいる。そんな疑いに胸が締めつけられていた。

二

朝から空はどんよりとし、肌寒い。行き交うひとは体をすくめ、心なしか足早になっている。

剣一郎は佐賀町の口入れ屋《くちいれや》『長崎屋』の暖簾《のれん》をくぐった。

小机に向かっていた男が、驚いたように腰を浮かした。

「青柳さまで」

「重助か」

「はい」

「少し話を聞きたいのだが」

「わかりました」

重助が奥に声をかけると、番頭《ばんとう》らしい男が出てきた。

「ここを頼む」

そう言い、重助は剣一郎を客間に案内した。

「さっき、わしの顔を見て、驚いたようだったが」

剣一郎は腰を下ろすなり、そのことをきいた。

「は、はい。ちょっと早とちりしたようで」

重助はあわてて言う。

「まあいい。じつは少し前になるが、雨が激しく降った日のことだ。そなたは

『川端屋』の離れ座敷に上がったな」

「はい」

重助は不安そうな顔をした。

「あの日、離れの他の部屋で何か異変があったかどうか気づかなかったか。たとえば、どこかから大きな音が聞こえたとか」

「いえ、何も」

重助は首を横に振る。

「他の部屋にどんな客がいたか知っているか」

「一組だけ」

「誰だ？」

「火盗改の与力です」

「どうして知っているのだ？」

「あの与力が部屋に入ったあと、私は萩《はぎ》の間に入ったので。これまでにも、何度か見かけたことがあるのです。そのとき、女将が火盗改だと言ってました」

「他の部屋の客とは会っていないのだな」

「はい」

「そうか」

剣一郎は頷《うなず》いた。

やはり、巳之助だけが気づいたようだ。

「青柳さま。『川端屋』で何かあったのでしょうか」

重助はきいた。

「いや、何も気づいていないのならいいのだ」

「じつは妙なことが……」

重助が厳しい顔で声をひそめた。

が、言いかけたものの、口が重かった。

「どうした？」

剣一郎は促《うなが》す。

「はい。火盗改の与力に殺されそうになったんです」

重助は思い切ったように言った。

「どういうことだ？」

「霊巌寺裏に呼ばれ、火盗改の与力から、いきなり『川端屋』に客でいたなと」

「向こうは『川端屋』の名を出したのか」

「はい。すると脅迫状を出したなと」

「脅迫状？」

「なんのことかわからず否定すると、ある人物に脅迫状が届いた、出したのはあっしだと決めつけて……」

重助は憤然と言い、

「最後はあっしではないとわかったようでしたが、刀を突き付けられて……」

と、首をすくめた。

「それはいつのことだ？」

「『川端屋』に行ってから八、九日経《た》っていました」

巳之助が殺される前のことだ。

剣一郎の頭の中で、脅迫状という言葉が躍った。

矢五郎殺しを巳之助が見ていたとして、どうしてそのことを火盗改の佐久間秀作が知り得たか疑問だった。

脅迫状が届いたのは佐久間のところだったのではないか。佐久間は脅迫状の主《ぬし》が離れの客だと考えた。

まず、重助を疑ったが、違うことがわかった。それで巳之助だと決めつけた。

「その後、火盗改の与力は現われたか」

「いえ」

「そうか。もう現われないと思うが、もし姿を現わしたら、わしにあのときの話をしたと言うのだ。そしたら、それ以上は踏み込んで来ないはずだ」

剣一郎は安心させるように言う。

「わかりました」

重助はほっとしたように頭を下げた。


佐賀町の『長崎屋』を出て、剣一郎は新大橋を渡り、神田岩本町に向かった。

ようやく、佐久間が巳之助を殺した経緯がわかってきた。

佐久間は、矢五郎殺しの件で脅迫された。それで脅迫者を探したのだ。

まず、萩の間の『長崎屋』の主人重助に狙《ねら》いを定めたが、重助ではなかった。

それで巳之助だと決めつけたのだ。

しかし、ほんとうに巳之助が脅迫者だったのか。

雨の夜に、巳之助といっしょにいた女は岩本町にある『三沢屋』という下駄屋の内儀だと、京之進から聞いている。

小商いの店が並ぶ中程に、『三沢屋』があった。

剣一郎は店先に立った。店番の若い男に名乗ってから、内儀を呼んでもらった。

すぐに、年増だが目鼻だちの整った女が現われた。

「おさんか」

剣一郎は声をかける。

「はい」

おさんが不安そうに頷く。

「ちょっと話がある」

「わかりました。どうぞ、お上がりください」

剣一郎は腰から刀を外し、おさんの案内で客間に行った。

「巳之助が殺されたことは知っているな」

「はい」

おさんは目を伏せた。

「雨が激しく降る日、巳之助とともに『川端屋』の離れ座敷に行ったな」

「はい。前々から誘われていて」

　おさんは困惑したように言う。

「巳之助が殺されたことに何か心当たりはあるか」

「いえ。ありません。ただ、驚くばかりです」

　おさんは細い眉を寄せた。

「『川端屋』の離れで、巳之助に変わったことはなかったか」

「変わったことですか」

「巳之助は厠《かわや》に立ったか」

「厠ですか。ええ、一度厠に行きました」

「戻ってきたとき、様子がおかしかったとか」

「いえ、そんなことありません。ふつうでした」

　おさんは答える。

「帰るときも変わったことは？」

「ありません」

「他の部屋の客のことを口にしていなかったか」

「いえ、していません」

「そうか」

剣一郎は首をひねった。

おさんは別に嘘《うそ》をついている様子はない。殺しを目撃したあとも、巳之助は態度に出さずにふつうに振る舞っていたのか。

「じつは、巳之助がある人物に脅迫状を出していたという噂《うわさ》があるのだが、何か心当たりはないか」

剣一郎は鋭くきいた。

「脅迫状？　いえ」

目を見開いて否定したが、

「あっ」

と、おさんは短く叫んだ。

「何かあったか」

「巳之助さんが殺されたあと、遊び人ふうの男がここにやってきて、巳之助さんから文《ふみ》を預かっていないかときかれました」

「文？」

「何のことかわからないと言うと、自分が死んだら届けるように頼まれたものはないかとしつこくきいてきました」

「死んだらか……」

　脅迫者が自分の身を守るために用意した文か。

「巳之助から何も預かっていないのだな」

「はい」

　遊び人ふうの男とは火盗改の密偵かもしれない。そして、その男こそ、巳之助に直接手を下した下手人《げしゅにん》だ。

　だが、剣一郎は腑《ふ》に落ちないことがあった。

　佐久間秀作は脅迫状が届いて、矢五郎殺しを何者かに見られていたことに気づいたのだ。しかし、脅迫状からは差出人はわからない。

　何を根拠に、脅迫者が巳之助だと思ったのか。離れにいた客の誰かしかいないということで、重助や巳之助を疑ったのだろう。

　重助ではなかったから、巳之助だと簡単に決めつけたのか。おそらく、巳之助の女ったらしという背景をも探ってのことだろうが、おさんの話からでは、巳之助が何かを見たというのは考えづらい。

　ほんとうに巳之助が脅迫者だったのか。

　だが、もし違っていたら、脅迫はその後も続いたはずだ。それはあったのか、なかったのか。

離れにいたのは巳之助と重助だ。殺しを目撃出来るとしたら、このふたりしかいなかったのか。

いや、もうひとりいる。下男《げなん》の佐吉だ。

そう考えたとき、剣一郎はあっと声を上げそうになった。

剣一郎は奉行所に戻ると、芝、愛宕方面を受け持っている定町廻《じょうまちまわ》り同心《どうしん》の友永亀次郎にある調べを依頼した。


翌朝、剣一郎が南町の潜《くぐ》り戸を入ると、待っていたかのように友永亀次郎が同心詰所から出てきた。

「青柳さまの仰《おお》せのとおりでした」

友永が続ける。

「五年前、石段から落ちてきた佐吉を助け、医者に運んだ辻番所の番人がまだおりました。その番人によると、佐吉は呻《うめ》きながら誰かに背中から突き落とされたと話していたそうです」

五年前、佐吉は愛宕神社の石段から足を滑《すべ》らせて転落したと言っていた。愛宕山の前は武家屋敷地で、辻番所が石段の近くにあった。

「それから、佐吉の怪我《けが》を見た医者も、背中を思い切り押されたと佐吉が言っていたのを覚えていました」

「その調べはしたのか」

「じつは、私が手札《てふだ》を与えていた男が愛宕神社の参詣客に聞き込んだのですが、誰も突き落とすところを見てはなく、やはり足を滑らせたのだろうということになったそうです。というのも、その日の朝まで雨が降っていて、石段も滑りやすくなっていたようです。また、佐吉も途中から、突き落とされたとは言わなくなったということです」

「途中で、佐吉は言わなくなったか」

剣一郎はそのことが気になった。

「怪我は治りましたが、膝《ひざ》を曲げることは出来なくなり、足を引きずるようになったと」

「わかった。ごくろうだった」

「このことが何か」

友永はきいた。

「その二年前、佐吉は『高樹屋』の巳之助を姉の仇討《あだう》ちだと言って襲ったが、失敗した。その後に何者かに突き落とされた。佐吉の脳裏《のうり》には巳之助の顔が浮かんでいたのではないか」

「そう思い込んでいたかもしれませんね」

友永も頷く。

「しかし、証はない。それに、自由に走り回れる体ではなくなった。巳之助を疑いながら、佐吉は何も出来ずに今日まできたのだ」

剣一郎は呟《つぶや》く。

「佐吉はずっと巳之助を恨《うら》んでいたのでしょうか」

「恨みを封じ込めてきたのだろう」

「巳之助殺しに佐吉が何か絡《から》んでいるのでしょうか」

友永は鋭くきいた。

「佐吉の企《たくら》みが成功したのかもしれない」

剣一郎は憤然と言った。

それから一刻（二時間）後、剣一郎は『川端屋』に着いた。

女将に断り、庭をまわり、佐吉の住まいを訪ねた。

「佐吉、いるか」

剣一郎は戸を叩《たた》いた。

「どうぞ」

声がしたので、剣一郎は戸を開けた。

四畳半の殺風景な部屋の真ん中で、佐吉は片足を投げ出して座り、煙草《たばこ》を吸っていた。

「青柳さま」

佐吉はあわてて灰吹《はいふき》に煙管《きせる》の雁首《がんくび》を叩き、居住まいを正そうとした。

「そのままでよい」

剣一郎は声をかける。

「へい。すみません、こんな格好で」

片足を投げ出したまま、佐吉は頭を下げた。

「気にするな」

剣一郎は腰から刀を外し、

「失礼する」

と言い、上がり框《かまち》に腰を下ろした。

「愛宕神社の石段で足を滑らせたと言っていたな」

剣一郎は切り出す。

「へえ」

「しかし、落ちた当初は、誰かに突き落とされたと訴えていたそうではないか」

「確かに、そう思い込んでいました」

「思い込みか」

剣一郎は佐吉の顔を見つめ、

「ほんとうは今でも誰かに突き落とされたと思っているのではないか」

「いいえ。あれはあっしの思い過ごしでした」

佐吉は表情を変えずに首を横に振る。

「思い過ごしだったにしろ、誰かというのは巳之助のことだったのではないか。そなたは巳之助に突き落とされたと思っていたのではないか」

「仮にそうだとしても、あの男とはもう関係ないですから」

「しかし、足を怪我したために左官の仕事も辞《や》めざるを得なくなったのだ。恨み骨髄《こつずい》に徹《てっ》しよう」

剣一郎は佐吉の顔色を窺《うかが》う。

しかし、相変わらず表情を変えない。

「『川端屋』で働くようになって、客で来ている巳之助を見かけても、そなたは恨みを晴らそうという気持ちは起きなかったようだ」

「巳之助を恨んでも何にもなりませんから。それにこの足」

佐吉は不自由な足をさすりながら、

「自由に動けません。恨みを晴らそうにも、この足じゃ何も出来ません」

「しかし、文は書ける」

剣一郎は不意を衝《つ》いて言った。

「文?」

「そうだ。たとえば脅迫状だ」

佐吉の表情が強張《こわば》った。

「雨が激しく降った日、『川端屋』の離れの火盗改の与力がいる部屋で、『一筆堂』の矢五郎が殺された。亡骸《なきがら》は仲間が雨の中を担《かつ》いで小名木川に投げ捨てたが、それを見ていた者がいたのだ」

「…………」

「それを見ていた者は、ある企みを持った。巳之助を脅迫者に仕立て、火盗改の手によって殺させようとした。脅迫状を届けるのは誰かに頼めばいい」

剣一郎は佐吉を睨《にら》み、

「どうだ？」

と、迫った。

「何のことかわかりません」

佐吉は厳しい顔で答えた。

「佐吉。巳之助が死んで、どんな気持ちだ？　姉の復讐や足の仕返しが出来て満足か。仕合わせな気持ちになれたか。そなたの姉はよくやったと褒めてくれるか」

「…………」

佐吉は目を伏せた。

「なぜ、『一筆堂』の矢五郎が殺されたか、わかるか」

剣一郎は一方的に続ける。

「矢五郎は狐面《きつねめん》の盗賊のおかしらだ。火盗改の与力佐久間秀作と狐面のおかしらの矢五郎は通じ合っていたのだ」

「おそらく何らかの意見の相違からぶつかりあったのだろう。しかし、佐久間秀作が矢五郎を殺したという証はない。だから、罪を問い質《ただ》すことは出来ない。だが、そなたが正直に話してくれたら、一挙に両者を追い詰めることが出来る」

「………」

「よく考えるのだ」

剣一郎は立ち上がった。

「また来る」

そう言い、剣一郎は外に出た。晩秋の陽差しが眩《まぶ》しかった。

三

剣一郎は太助とともに下谷長者町《したやちようじやまち》にある『万屋《よろずや》』という店の前に立った。看板には「何事も相談承《うけたまわ》り」と書いている。

平吉と会っていた男がここに入っていったのを太助が見届け、さらにその男が兵助《ひようすけ》だとわかった。

「………」

剣一郎は土間に入った。

「いらっしゃいまし」

番頭らしき男が応対に出てきたが、剣一郎の顔を見て、

「青柳さまで」

と、顔色を変えた。

「亭主に会いたい」

「はい。少々」

男は奥に向かった。

何の商売かわからない。

男が戻ってきて、

「どうぞ、こちらに」

と、招じた。

番頭らしき男の案内で、剣一郎と太助《ふと》は客間に向かった。

しばらくして、四十半ばぐらいの肥った男がやってきた。

「『万屋』の六兵衛《ろくべえ》です」

男は落ち着いた声で挨拶《あいさつ》をし、

「青柳さまが何用で？」

と、きいた。

「その前に、『万屋』はどんな商売なのか」

「なんでも屋です。井戸掘りや溝浚《どぶさら》い、あるいは土木工事においての人材の派遣などさまざまで」

「仕事師とは違うのか」

「仕事師の親方から頼まれて、ひとを遣《つか》わすこともあります」

六兵衛は説明した。

「いつからこの商売を？」

「五年前からです」

「まだ、それほど経っていないのだな」

「はい」

「ここに兵助という男がいるな」

剣一郎は切り出す。

「はい。兵助が何を？」

「兵助はいつからここにいるのだ？」

「半年ほど前からです」

「ここに来る前は何をしていたのだ？」

「わかりません」

「わからない？」

「おそらく、世間のはみ出し者だったのでしょう」

六兵衛は口にしてから、

「青柳さま。じつはここにいる者たちは皆、脛《すね》に傷を持つ者ばかりなんです。でも、なんとか悪事から足を洗いたいという者たちです。ですから、あっしは何をしてきたかは問わず受け入れているのです」

「なぜ、そのようなことを？」

「私がそうだからです。さんざん悪事を働いてきましたが、なんとか堅気《かたぎ》になれました。同じように行き場のない者を救ってやりたいと思ったのです」

「悪い奴の隠れ場所になっていないか」

剣一郎は鋭くきく。

「ここでは当然働いてもらいます。堅気になろうという気持ちがない者は長続きしません。途中で、逃げだします。そういう者が何人かいました」

「そうか」

剣一郎は頷き、

「ところで、『一筆堂』の矢五郎を知っているか」

と、期待せずにきいた。

「知っています」

「知っている?」

「はい。昔の悪事の仲間です。十年以上前、東海道筋《とうかいどうすじ》の宿場で枕探しをしていたときの相棒でした」

六兵衛は堂々と過去を語った。

「あるとき、盗みに失敗し、命からがら逃げ果《おお》せたことがありました。そのとき、あっしはこのまま盗みを続けていたら獄門になると恐怖を覚え、足を洗うことを決心したのです。でも、矢五郎はもっと金を得たいと。そこで袂《たもと》を分かちました」

六兵衛は間を置き、

「あっしは堅気の仕事に就こうとしましたが、手に職もなく、やれることは船着場の荷役《にやく》、あるいは棒手振《ぼてふ》りでした。でも、その後、口入れ屋に奉公し、そこでひとを遣わすことを覚え、どうにかこの店を立ち上げたという次第です。ですが、ふた月ほど前、偶然に矢五郎と再会しました」

六兵衛は続けた。

「そのときは『一筆堂』の主人と言ってましたが、すぐに違うと見抜きました」

「矢五郎の正体を知ったのか」

剣一郎はきいた。

「狐面の盗賊はおまえではないかときくと、矢五郎は曖昧に笑っていましたが、すぐ真顔になって、今になっておまえの気持ちがわかると言いだしました」

「矢五郎は足を洗いたがっていたのか」

「はい。ただ、そのきっかけがつかめず、踏ん切りがつかない様子でした」

「きっかけか」

「でも、殺される数日前、矢五郎があっしを訪ねてきたんです。そして、きっかけが出来たと言ってました」

「きっかけとはなんだ？」

「青柳さまでございます」

「なに、わしが？」

剣一郎は訝《いぶか》った。

「矢五郎は青痣与力を恐れていました。これまで狐面が活動出来たのは火盗改のおかげもあるが、青痣与力が乗り出してこなかったからだと。ですが、その恐れていたことが現実になったと」

「わしが『一筆堂』を訪ねたことだな」

剣一郎は驚いたように口にした。

「矢五郎はいつか青痣与力が乗り出してくると思っていました。もし乗り出してきたら、押し込まれた商家に聞き込みに行くと睨《にら》んで、ときたま仲間に様子を見に行かせていたようです」

「なぜ、矢五郎はそれほどまでわしのことを?」

剣一郎は不思議に思った。

「江戸で仕事をするに当たり、瓦版《かわらばん》などを調べたそうです。すると、凶悪な事件について、途中から青柳さまが乗り出してくると、たちまち事件は解決に向かっている。逆に言えば、青痣与力が乗り出す前までなら、思う存分仕事が出来ると思ったようです」

六兵衛は目を細めて話した。

「矢五郎は狐面の盗賊を辞めようとしていたのか」

「最初から、ある程度の稼《かせ》ぎが出来たら、手下にも足を洗わせようとしていたようです。堅気になるための元手を得るために押込みを働いたのです。堅気になるには、絶対にひとを傷つけてはならないと戒《いまし》めていたようです」

「そうだったか」

「青柳さま。うちには矢五郎から頼まれた手下が何人かいます」

「兵助もそうだな」

「はい。矢五郎の手下です。青柳さま、お願いです」

六兵衛が手をついて頭を下げた。

「必ず自首させます。それまで捕縛《ほばく》を待っていただけないでしょうか」

「もちろんだ。そなたを信じよう」

剣一郎はそう言い、腰を上げた。


それから、剣一郎は太助とともに両国橋《りょうごくばし》を渡り、本所亀沢町にある『一筆堂』までやってきた。

店に入ると、ちょうど勘蔵が客の応対をしていた。

剣一郎に気づき、勘蔵は近くにいた奉公人に代わってもらうと、近寄ってきた。

「何か大事なお話のようですね」

勘蔵が微かに震えを帯びた声できいた。

「わかるか」

「はい、青柳さまのお顔がいつになく苦しそうに見受けられました」

「そうか。わしもまだまだだ」

「いえ、私は常に青柳さまの表情を観察するように見ておりましたので。矢五郎のおかしらからそう言いきかされていましたから。さあ、どうぞ」

勘蔵は剣一郎を客間に通した。

差し向かいになるなり、剣一郎は切り出した。

「下谷長者町にある『万屋』の六兵衛と会ってきた」

勘蔵はあっと口を半開きにした。

「六兵衛を知っているのか」

「矢五郎のおかしらから話を聞いています」

「あることで、矢五郎は六兵衛に相談していたそうだな」

勘蔵は顔をしかめ、

「もう何もかもご存じのようで」

と、深く溜め息をついた。

「先日、『高樹屋』の主人の巳之助が何者かに殺された。この巳之助は雨の強く降る日に『川端屋』の離れにいたのだ」

「………」

「そなたは火盗改の佐久間秀作と縁を切ったから知らなかっただろうが、佐久間秀作に矢五郎のことで脅迫状が届いた。佐久間秀作は脅迫状の主を調べ、巳之助と思い込み、先回りをして殺した」

「そのようなことがあったとは知りませんでした」

「しかし、脅迫者は巳之助ではなかった。別にいたのだ。つまり、矢五郎殺しの目撃者はいまだに存在するのだ」

「そうでしたか」

勘蔵は目を見開き、

「やはり、矢五郎のおかしらの言うとおりでした。青痣与力が乗り出してきたからには、狐面の盗賊はおしまいにしなければならないと」

と、苦笑した。

「佐久間秀作が矢五郎を殺した理由がわからなかったが、矢五郎が盗みをやめると言いだしたことでもめたのだな」

「そうです。おかしらは狐面の盗賊をやめたかったんです。あの佐久間という与力に脅されて盗みを続けてきた。やめたいけど、そのきっかけがなかった。そんなとき、青柳さまが乗り出してきた……。いや」

勘蔵は首を横に振った。

「いつか青柳さまが乗り出してくる。それをおかしらは待っていたのです。そのことで、佐久間さまを説き伏せようとしたのですが、佐久間さまはまだ我らに稼がせようとしていたのです」

「矢五郎を手にかけたのは誰だ?」

剣一郎は確かめた。

「野中という同心です」

「そなたは矢五郎が殺されるのを黙って見ていたのか」

「………」

勘蔵は唇を噛《か》んだ。

「自分がおかしらになるという色気が出たか」

「そうかもしれません。あのときの自分の心根が自分でもよくわからないのです。本音では、まだ自分がおかしらとして狐面の盗賊を続けたかったのかもしれません。でも、手下たちは矢五郎のおかしらのいない狐面はありえないと」

勘蔵は自嘲《じちょう》し、

「それで狐面を解散することにしたのです。佐久間さまには矢五郎のおかしらが貯めていた金から五百両を渡し、正式に袂を分かちました」

「そもそも、どういうきっかけで、火盗改の与力とつるむようになったのだ？」

「二年前、『越後屋』への押し込みのあと、矢五郎のおかしらと私が逃げ込んだ隠れ家に佐久間さまと野中さまが踏み込んできました。でも、ふたりははじめから盗んだ金が目当てだったようです。見逃してもらう代わりに、ふたりに百両ずつ渡し、さらに狐面の盗賊を続けるようにと……」

勘蔵は続ける。

「そのとき、おかしらは佐久間さまに頼んだそうです。青痣与力が乗り出すことがないように、狐面の盗賊の探索に南町を加わらせないでほしいと。それほど、おかしらは青痣与力を恐れていました」

「そうか」

「でも、火盗改の与力が盗賊と組むなんて驚きです。佐久間さまはそれほどお金が欲しかったのでしょう」

「なぜ、金を欲していたのだ？」

「女ですよ」

勘蔵は侮蔑したように言う。

「やはり女か。その女を知っているか」

「ええ、料理屋で女中をしていたおつなという女だそうです。今戸に住まわせています」

「よく、素直に話してくれたな。どうしてだ？」

「矢五郎のおかしらがよく言っていたんです。青痣与力に目をつけられたらもう逃れられない。そのつもりでいろと」

勘蔵は顔をしかめ、

「強気に出ていましたが、青柳さまがここに顔を出すたびに胸が押しつぶされそうになっていました。じわじわと迫ってくるのを感じていました。それも罰が当たったんです」

「罰だと？」

「はい。矢五郎のおかしらが殺されたとき、おかしらにとって代われると思ったのです。密偵の銀次がおかしらの死体を外に運び出し、私は『川端屋』の女将に矢五郎は先に帰ったと嘘をつきました。私がおかしら殺しに加担したことは間違いありません」

勘蔵はしんみり言い、

「佐久間さまたちが矢五郎のおかしらの言葉に素直に従っていたら、うまく逃げ果せたかもしれません。矢五郎のおかしらを殺したことが、佐久間さまや我らにとって命取りになったんです」

「矢五郎の魂がわしを突き動かしたのかもしれぬな」

剣一郎は言い、

「よいか。勘蔵、自首するのだ。手下とともにな」

「自首？」

「そうだ。自首して火盗改とのことを自供するのだ。おかみのご慈悲《じひ》にもすがれよう」

「手下たちは死罪は免《まぬが》れましょうか」

「自首すれば遠島《えんとう》で済むだろう。ただ、そなたは矢五郎殺しに加担したと見なされるかもしれない」

剣一郎はやりきれないように言う。

「私は覚悟が出来ています」

勘蔵は澄んだ目を向けて言った。

翌日の昼過ぎ、勘蔵以下八人の男が南町奉行所に自訴《じそ》してきた。狐面の盗賊だったというので、奉行所は大騒ぎになった。

剣一郎は八人が入っている仮牢に行った。

八人は殊勝に畏《かしこ》まっていた。

勘蔵が座ったまま頭を下げた。

格子に近付き、剣一郎は声をかけた。

「昨日の今日で、よく皆をまとめた」

「皆も覚悟が出来ていたんです」

「吟味《ぎんみ》の場では、正直にありのままを言うのだ」

「はい。私は覚悟が出来ていますが、どうか他の者たちの命だけは……」

「わかった。力になる」

「ありがとうございます」

勘蔵はほっとしたように笑みを浮かべた。

四

その日の夕方、槍持《やりもち》、草履取《ぞうり》り、挟箱持《はさみばこ》ちに若党という供を連れ、剣一郎が奉行所から屋敷の門前まで帰ってきたとき、足を引きずりながら佐吉がやって来るのが目に入った。

剣一郎は立ち止まって、佐吉を待った。

佐吉も気づいて、足を急《せ》かした。

「急がずともよい」

剣一郎は声をかける。

ようやく、佐吉が近づいてきた。

「深川から歩いてきたのか」

剣一郎は驚いて言う。

「休み休みですが、平気です」

佐吉は応《こた》えた。

「入れ」

剣一郎は佐吉を屋敷に招いた。

裃《かみしも》と袴《はかま》を脱ぎ、着流しになって、改めて客間に行き、佐吉と差し向かいにな
った。

「こんな格好で失礼いたします」

片足を投げ出して、佐吉は頭を下げた。

「構わぬ。気にするな」

「青柳さま」

佐吉は厳しい顔になって、

「雨が激しく降った日のこと、何もかもお話しいたします」

と、切り出した。

「巳之助が離れの菊の間に女のひとを連れ込んでいたのが気になって、様子を窺
いに部屋の前まで行ったのです。よからぬことをするのではないかと」

佐吉は強張った顔で続ける。

「すると、向かいの桜の間から悲鳴が微かに聞こえました。あっしは驚いて、床下に隠れました。しばらくして、障子《しょうじ》が開き、男が布に包んだ死体らしきものを運び出していきました。後日、『一筆堂』の矢五郎さんの死体が見つかった。咄《とっ》嗟《さ》にあっしは、これを使えば巳之助に復讐が出来ると思ったのです」

「巳之助への恨みは忘れられなかったのか」

剣一郎はきいた。

「自分では割り切ったつもりでしたが、やはり心の底で燻《くすぶ》っていたようです。愛宕神社の石段であっしを突き落としたのは、巳之助ではないかとずっと疑ってい《や》ましたから。でも、こんな足になって、巳之助を殺ることは出来ないと諦《あきら》めていた。それが、あの雨の日のことで……」

「脅迫状を火盗改の役宅に届けたのは誰だ？」

「へえ、あっしの前に『川端屋』で下男をしていたとっつあんに頼みました。小遣い程度で、わけもきかずに火盗改の役宅まで行ってくれました」

「脅迫状は何度出した？」

「二度です」

「内容は？」

「佐久間秀作さま宛てに、『川端屋』の離れの部屋で『一筆堂』の主人を殺し、小名木川に捨てたこと、黙っていて欲しければ五百両を用意せよ。また連絡する、です。二通目は」

佐吉は続ける。

「明日の暮六つ（午後六時）までに、金五百両を柳原の土手にある柳森神社の賽《さい》銭箱《せんばこ》の下に置いておけ、もし俺に何かあったら、真相を書いた文が奉行所に届くというものです」

「その文面からは、巳之助が差出人とはわからぬな」

「離れの客の誰かだろうと思わせればよかったのです。柳森神社に巳之助を誘《おび》き出すことにしていました」

「巳之助を？」

「はい。巳之助にも脅迫状を」

佐吉が告白する。

「巳之助にもか。どんな内容だ？」

剣一郎はきいた。

「ひとの妻女を『川端屋』の離れに連れ込んだこと、黙っていて欲しければ明日の暮六つに柳森神社まで来い、賽銭箱の下に次の要求を書いた文を置いておくと」

「柳森神社には当然、佐久間秀作たちが待ち伏せていると読んでのことか」

「はい。佐久間さまたちは必ず脅迫者を始末すると思っていました。ただ、その前日に巳之助が殺された。佐久間さまたちの仕業《しわざ》か、他の理由なのか、あっしはわかりませんでした」

「巳之助を殺ったのは密偵の銀次という男だ」

「そうですか。じゃあ、あっしの企みは成功したんですね」

佐吉は表情を曇らせたまま、

「でも、青柳さまが仰ったように、あっしの心は晴れないんです。憎み恨んでいた巳之助が死んだというのに、仕合わせな気持ちになれないんです。夢に姉が出てきて、悲しげな目で私を見ているんです。姉は喜んでくれませんでした」

と、苦しそうに言った。

「そうか」

剣一郎は痛ましげに佐吉を見て、

「罪を償い、新しい気持ちで出直すのだ」

と、諭すように言う。

「はい。そのつもりでここに参りました」

「そなたが急にいなくなって、『川端屋』も困るな」

「女将さんにはすべてお話をいたしました。それから、新しい下男がみつかるまで、あっしの前に下男だったとっつあんが働いてくれるそうです」

「そうか。ちゃんと手を打って出てきたのか」

「はい」

「よし」

剣一郎は若党に命じ、深川を受け持っている定町廻り同心寺井松四郎の屋敷に行かせた。四半刻《しはんとき》（三十分）ほどして、寺井がやってきた。

「遅くなりました」

寺井が客間に入ってきた。佐吉を見て、不思議そうな顔をした。

「『川端屋』の下男の佐吉だ」

剣一郎は引き合わせ、

「自訴してきた」

と、事情を話した。

寺井は驚きを隠せないまま、剣一郎の説明を聞いた。

「つまり、巳之助を殺すように企んだのだが、火盗改の佐久間秀作らが勝手に見当をつけて巳之助を殺したというわけだ」

「そうでしたか」

寺井は納得したように頷いた。

「巳之助殺しを調べている植村京之進にも、そなたのほうから説明してもらいたい」

「わかりました」

寺井は佐吉に顔を向け、

「今夜は大番屋《おおばんや》で過ごしてもらう」

と、声をかける。

「はい」

佐吉は素直に応じた。

寺井と佐吉を見送って居間に行くと、太助が来ていた。

「佐吉でしたか」

若党から事情を聞いたらしく、太助が口にした。

「うむ。すべて話してくれた。あとは火盗改のふたりだ」

剣一郎は言ってから、

「太助が左の二の腕に竜の彫り物がある男を見つけてくれたことがすべてだった。今回もそなたには大いに助けられた」

と、讃えた。

「とんでもない。あっしはたまたま……」

「謙遜することはない。これからも頼りにしている」

「もったいねえ」

太助はぐすんと鼻を鳴らした。

「わしも夕餉《ゆうげ》はまだだ。いっしょにいただこう」

剣一郎は太助を誘った。

翌日、出仕した剣一郎は宇野清左衛門とともに長谷川四郎兵衛に会った。

「長谷川どの。狐面の盗賊の一件は結局、青柳どのによって解決と相成った」

清左衛門が切り出す。

「うむ。よくやったと言いたいが、ご老中の意向は青柳どのに解決を期待したのではなく、火盗改に刺激を……」

「長谷川どの」

清左衛門が制し、

「じつは全面的に解決したわけではないのだ」

と、口にした。

「どういうことでござる？」

四郎兵衛は怪訝《けげん》そうな顔をした。

「火盗改のある与力と同心が狐面とつるんでいたのだ」

「なに、火盗改の与力と同心が？　そんなばかなことがあるわけない」

四郎兵衛は一蹴《いっしゅう》した。

「火盗改の天野剛之進さまがご老中を介して青柳どのに狐面の探索をさせようとしたのは、配下の者に疑いを抱《いだ》いたからだ。身内を調べることにためらいを持ち、青柳どのに委ねようとしたのだ」

清左衛門は説明する。

四郎兵衛は剣一郎に目を向けた。

「長谷川さま」

剣一郎は口をはさんだ。

「私は一度、天野さまにお会いし、火盗改の何者かが狐面とつるんでいることをご報告させていただきました。しかし、奥山喜兵衛さまが南町にこられて、火盗改内での調べで疑惑がないことが明らかになったと言い切ったのです。天野さまは身内の膿《うみ》を出そうと思ったようですが、奥山さまは天野さまの保身を考えたのでしょう」

剣一郎は佐久間秀作と野中丈太郎、そして密偵の銀次の三人が狐面とつるんでいることを話し、ひと殺しまで行なったと告げた。

「今の火盗改には自浄する気はありません。したがいまして、南町でこの三人の捕縛をしたいと思います。火盗改にとっては最悪の結果を招くことになりましょうが、事ここに至っては止むを得ません」

「火盗改の三人のことはほんとうなのか」

四郎兵衛は啞然《あぜん》としてきく。

「間違いありません。いちおう、このことを長谷川さまからお奉行にお話ししてくださいませぬか。天野さまにとっては、当初のお考えとまったく違う結末になることをご承知おきいただけたらと」

「うむ」

四郎兵衛は唸《うな》ったが、別に天野剛之進を心配しているのではない。ご老中を介して頼まれたお奉行の体面を気にしているだけだ。

「長谷川どの、以上でござる」

清左衛門が話を切り上げた。

「待て」

四郎兵衛はうろたえたように言う。

「どうするのだ？」

「昨夜から、殺しの証人である佐吉の取調べが行なわれております。容疑が固まり次第、天野さまに両名の引き渡しを申し入れることになりましょう」

剣一郎は見通しを言った。

「その際は、お奉行に」

「なんと……」

四郎兵衛は唖然としていた。

五

その日の夕方、佐久間秀作は今戸橋の近くにある呑み屋を見通せる場所にきていた。

おつなが居抜きで買った店に新しい提灯《ちょうちん》がさがっている。開店の準備が着々と進んでいるようだ。

店から半纏《はんてん》を着た大工が出てきた。その後ろからおつなと長身の若い男がついてきた。ふたりは並んで、大工を見送った。

ふたりは手を結ぶようにして店の中に戻って行った。

佐久間は顔が熱くなった。頭に血が上ってきた。あのふたりは出来ている。そう確信した。

先日、ふいにおつなの家に行ったとき、帰ってきたおつなの後ろに誰かがいるような気がした。思い過ごしではなかった。今の男がいっしょに帰ってきたのだ。佐久間が来ていたのであわてて引き返した。

あのあと、おつなは濡縁に出て庭を見ていたが、そうではなかったのだ。塀の向こうに今の男がいたのだ。

「俺を虚仮《こけ》にしやがって」

佐久間は飛び出そうとして思い止《とど》まった。まだ、中にひとがいるかもしれない。

佐久間は、おつなの家に行った。

「旦那」

住込みの婆さんが驚いた。

「いいか。おつなが帰ってきても、俺がいるのを黙っていろ」

そう言い、佐久間は草履を隠し、自分も奥の部屋に行った。

暮六つ（午後六時）の鐘が鳴り終えたときに、格子戸が開いた。佐久間は襖《ふすま》の陰から様子を窺う。

おつなと長身の若い男が部屋に上がってきた。

「婆さん、どうしたんだえ」

おつなの声がする。

「ええ、その……」

婆さんはしどろもどろになった。

「変ねえ」

そう言いながら、おつなは若い男といっしょに居間に入った。

若い男が長火鉢の前に座ったのを見届けて、佐久間は顔を出した。

「おまえさん」

おつなが悲鳴を上げた。

「おまえ、どこに座っているのだ？」

佐久間が責める。

若い男は青ざめた顔で立ち上がった。

「おまえさん、このひとは新しいお店の板前さんよ」

「なんで板前が俺に代わって長火鉢の前に堂々と座っているのだ？」

「たまたま」

おつなは言い訳をする。

「おまえ、ひとの女を寝取って覚悟は出来ているな」

佐久間は若い男に迫った。

悲鳴を上げて、若い男は居間を飛び出した。格子戸を乱暴に開ける音が聞こえた。

「おまえを見すてて逃げていったな」

佐久間は冷笑を浮かべた。

「おまえさん、違うんです。あのひとはただの板前……」

「黙れ」

佐久間は怒鳴《どな》った。

「俺はおまえのために魂まで売ったのだ。許せぬ」

佐久間は刀を抜いた。

おつなが悲鳴を上げた。

刀を振り上げたが、佐久間はおつなを斬《き》ることは出来なかった。

そのとき、庭から声がした。

「佐久間さま、何をためらっているんですね」

「なに？」

野中が庭から上がってきた。

「何の用だ？」

佐久間は責めた。

「佐久間さま。狐面の一味全員が昨日、南町に自訴したそうです」

野中が訴えた。

「自訴だと」

佐久間は目を剝《む》いた。

「ええ、これで佐久間さまも無事ではすみません」

「………」

胸が張り裂けそうになった。

「奥山さまからのお言伝《ことづ》てです」

野中が口にした。

「なんだ？」

「火盗改に迷惑をかけぬように善処せよと」

「善処？」

佐久間は啞然として野中を見た。

「どういうことだ？」

「女と相対死にを」

「なんだと」

「佐久間さまさえいなくなれば、狐面の盗賊との関係をいくらでもごまかせると仰っていました」

「…………」

「殿さまに迷惑をかけぬためにも死んでもらいたいと」

「野中、おぬしはどうするのだ？」

佐久間はきいた。

「矢五郎を手にかけたのはおぬしだ」

「私はいやいや佐久間さまの命に従ったまで。このことは奥山さまもわかってくださいました」

「きさま……」

佐久間はうめき声を発した。

「佐久間さま。狐面の矢五郎からその都度大金をせしめながら、私には雀《すずめ》の涙ほどの分け前。そのことをなんとも思っていなかったのですか」

従順だった野中が別人のようになり、

「その金を惜しげもなく、この女に注《つ》ぎ込み、いい気になっていた佐久間さまをどんな思いで見ていたかわかりますか」

と、冷たい目を向けた。

「佐久間さまと同じくらいに、この女も許せないんです。さあ、佐久間さま、まずこの女を斬ってください」

野中は言う。

佐久間は茫然《ぼうぜん》とした。

「さあ、斬るのです」

野中は激しく迫った。

だが、佐久間は怯《おび》えているおつなを斬ることは出来なかった。

「無理のようですね」

野中は冷笑を浮かべ、

「どうぞ、その刀をお貸しください」

と、手を出した。

「何をする？」

「あなたに代わって私が斬ります」

野中は佐久間から刀を奪おうとした。

「よせ」

「………」

佐久間は拒んだ。

「さあ、寄越せ」

野中は語気強く言う。

「きさま、俺に向かって」

佐久間は声を絞り出した。

「もうあなたは火盗改に戻れません。火盗改の信頼を失墜させた罪は大きい」

「きさま、よくもぬけぬけと」

佐久間はかっとなった。

「あなたは奥山さまからも見放されたのです。さあ、この女を斬り、武士らしい最期を遂げるのです」

「…………」

茫然としていると、野中がいきなり佐久間の手から刀を奪った。

「私がこの女を殺《や》ります」

そう言い、野中はおつなに切っ先を向けた。

「おつな。さんざんいい思いをしてきたのだ。佐久間といっしょに旅立つのだ」

そう言い、野中は刀を振りかざした。

おつなは腰を抜かしたように動けずにいた。

「おつな、覚悟」

「待て」

庭と反対の部屋から鋭い声が聞こえた。

野中の動きが止まった。

佐久間は声の方に顔を向けた。襖の陰から武士が現われた。

「青痣与力」

佐久間は呟いた。

「どうしてここに？」

野中が目を剝いて言う。

剣一郎がここに駆けつけたとき、佐久間と野中が言い争っていた。すぐに太助に京之進たちを呼びに行かせた。

そして、ふたりのやりとりを聞いて、おつなに危険が迫っていると思い飛び出した。

「火盗改与力佐久間秀作ならびに同心野中丈太郎、狐面の盗賊との結託の疑い、ならびにおかしらの矢五郎殺し、そして『高樹屋』の巳之助殺しの疑いにより、事情をきくことになった」

剣一郎はふたりを交互に見て、

「明日にでも、火盗改の天野剛之進さまにおふた方の取調べの許しを得ることになりましょう」

「お言葉ですが、青柳さま」

野中が口元を歪《ゆが》め、

「我らが狐面の盗賊と結託していると仰ったが、それは狐面の一味の一方的な言い分。我ら火盗改は狐面の盗賊の動きを探っていただけで、結託していたわけではない」

と、言い放った。

「今の弁明は野中どのの考えか」

「そうだ」

「どうかな。いかにも奥山さまが言いそうなことだ」

「なに」

「このことはお白州《しらす》にて白黒がはっきりしよう。ところで、おふた方は大きな間違いを犯している」

　剣一郎はおつなの前に行き、立ち上がらせ、

「他の部屋に逃れているのだ」

　と、忠告した。

「はい」

　おつなはそそくさと部屋を出て行った。

　野中はおつなが出て行くのを忌《い》ま忌ましげに見送ってから、

「青柳さま。間違いとはなんですか」

　と、きいた。気になるようだ。

「矢五郎殺しで、脅迫状が届いたな?」

　佐久間も野中も顔色を変えた。

「その脅迫状の主を巳之助と考えたようだが、なぜそう思ったのだ?」

「…………」

「矢五郎殺しに気づいたのは、離れにいた客だと思い込んだのではないか。それで萩の間にいた重助か、菊の間の巳之助のいずれかだと考え、狙いを定めた。違うか」

剣一郎は鋭くきいた。

「何の話か」

野中はとぼける。

「よいか。よく聞くのだ。巳之助は殺しのことはまったく知らない。関係なかったのだ。見ていた者は他にいたのだ」

「嘘だ」

野中は思わず叫んだ。

「嘘？　認めたか」

「違う。鎌《かま》をかけようとしたってだめだという意味だ」

野中は叫んだ。

「いや、そなたが嘘だと叫んだわけはよくわかる。巳之助を殺して以降、脅迫状は届かなかったのだからな」

「…………」

「脅迫状の主はもう出す必要がなくなったから出さなかったのだ」

「どういうことだ？」

佐久間がきいた。

「脅迫状の主は巳之助を恨んでいる男だった。矢五郎殺しを目撃し、そなたたちに巳之助を殺させるように仕組んだのだ」

「なに」

「そなたたちは利用されたのだ。ほんとうの目撃者は存在する。その者は南町に自訴してきた」

「矢五郎を殺したのは野中だ。巳之助を殺したのは密偵の銀次だ。俺は関係ない」

佐久間が喚《わめ》くように言う。

「何を言うか。あんたの命令でやっただけだ」

野中が言い返す。

「ふたりとも、見苦しいですぞ」

剣一郎は一喝《いっかつ》する。

それから、剣一郎は濡縁に出た。

狭い庭の塀際に、頭巾《ずきん》をかぶった武士が立っていた。

「奥山さまですね」

剣一郎は声をかけた。

返事はない。

「狐面との繋《つな》がりを隠すために、佐久間どのを相対死にに見せかけて殺そうとしたのでしょうが、そんなことをしても無駄だということがおわかりでしょう。あなたは天野さまを助けようとして逆に追い込んでしまった」

「おのれ」

背後から野中が斬りかかってきた。

剣一郎は身を翻《ひるがえ》しながら抜刀し、相手の刀を払った。刀は野中の手から大きく飛んで庭先に落ちた。

すでに頭巾の武士は姿を消していた。

やがて、京之進が駆けつけてきた。

数日後、剣一郎は宇野清左衛門に呼ばれた。

「今、長谷川どのから知らされたが、天野さまが火盗改の任を解かれたそうだ。家も取り潰《つぶ》しに……」

「そうですか」

剣一郎は溜め息をつくしかなかった。

「青柳どのの思いは、天野さまに通じなかったな」

清左衛門が呟くように言う。

「残念です」

「それから、お奉行はご老中から褒められたそうだ。南町の評判はよく、お奉行も鼻高々だと、長谷川どのがうれしそうに言っていた」

しかし、剣一郎は複雑な思いで素直に喜べなかった。

「それと、天野さまが若年寄《わかどしより》さまにこう仰ったそうだ。私の期待に応えてくれた青柳どのに感謝をしていると。自分の弱さから、青柳どのの好意を無にしてしまったことが悔やまれると」

「天野さまが……」

自分の弱さとは、奥山喜兵衛にそそのかされ保身を図ったことを指しているのだろう。奥山喜兵衛がよけいな口出しをしなければ、天野剛之進は佐久間や野中の罪を暴き、自らの手で火盗改の汚れを一掃することが出来たのだ。

その夜、夕餉のあと、剣一郎は濡縁に出た。月明かりに葉を散らした柳の木が目に入った。

多恵が横にやってきた。

「おまえさま、何かございまして」

「なぜだ？」

「どこか浮かない顔」

「いや、なんでもない」

天野剛之進は剣一郎に助けを求めたのだ。だが、助けてやれなかった。天野は火盗改の任を解かれ、逆に剣一郎の評価が高まった。決して、望んだことではない。自分の評価などどうでもよいことだった。

ふと、暗がりにひと影が浮かんだ。

「太助さん」

多恵が声をかける。

「太助、ちょうどよかった。どうだ、久しぶりに酒を酌《く》み交わさぬか」

剣一郎は自分を奮い立たせようと口にした。

「へえ……」

「どうした？」

「青柳さまが、お酒に誘うなんて珍《めずら》しいと思いまして」

「太助さん、付き合ってあげて」

多恵が言う。

「もちろんです」

「よし。太助、早く上がれ」

屈託を振り払うように、剣一郎は太助と酒を酌み交わした。

太助と多恵の笑い声を聞きながら、剣一郎はしみじみと秋の夜長を過ごした。

一〇〇字書評

心変わり

切り取り線

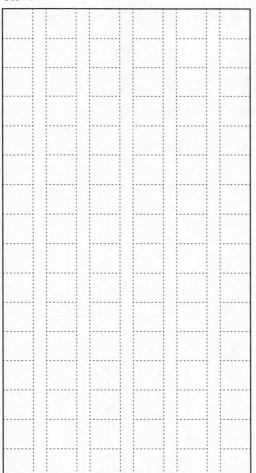

購買動機（新聞、雑誌名を記入するか、あるいは○をつけてください）	
□（　　　　　　　　　　　　）の広告を見て	
□（　　　　　　　　　　　　）の書評を見て	
□ 知人のすすめで	□ タイトルに惹かれて
□ カバーが良かったから	□ 内容が面白そうだから
□ 好きな作家だから	□ 好きな分野の本だから

・最近、最も感銘を受けた作品名をお書き下さい

・あなたのお好きな作家名をお書き下さい

・その他、ご要望がありましたらお書き下さい

住所	〒				
氏名		職業		年齢	
Eメール	※携帯には配信できません	新刊情報等のメール配信を 希望する・しない			

この本の感想を、編集部までお寄せいただけたらありがたく存じます。今後の企画の参考にさせていただきます。Eメールでも結構です。

いただいた「一〇〇字書評」は、新聞・雑誌等に紹介させていただくことがあります。その場合はお礼として特製図書カードを差し上げます。

前ページの原稿用紙に書評をお書きの上、切り取り、左記までお送り下さい。宛先の住所は不要です。

なお、ご記入いただいたお名前、ご住所等は、書評紹介の事前了解、謝礼のお届けのためだけに利用し、そのほかの目的のために利用することはありません。

〒一〇一－八七〇一
祥伝社文庫編集長　清水寿明
電話　〇三（三二六五）二〇八〇

祥伝社ホームページの「ブックレビュー」からも、書き込めます。

www.shodensha.co.jp/bookreview

祥伝社文庫

心変《こころが》わり　風烈廻《ふうれつまわ》り与力《よりき》・青柳剣一郎《あおやぎけんいちろう》

令和 5 年 7 月 20 日　初版第 1 刷発行

著　者　小杉健治《こすぎけんじ》
発行者　辻　浩明
発行所　祥伝社《しょうでんしゃ》
東京都千代田区神田神保町 3-3
〒 101-8701
電話　03（3265）2081（販売部）
電話　03（3265）2080（編集部）
電話　03（3265）3622（業務部）
www.shodensha.co.jp

印刷所　堀内印刷
製本所　ナショナル製本
カバーフォーマットデザイン　中原達治

 ISBN978-4-396-35001-7 C0193

〈祥伝社文庫　今月の新刊〉

岡本さとる
それからの四十七士
「取次屋栄三」シリーズの著者が「忠臣蔵」に新たな息吹を与える瞠目の傑作時代小説！

藤崎　翔
モノマネ芸人、死体を埋める
死体を埋めなきゃ芸人廃業!?　咄嗟の機転で完全犯罪を目論むが…極上伏線回収ミステリー！

吉森大祐
大江戸墨亭《ぼくてい》さくら寄席《よせ》
貧乏長屋で育った小太郎と代助は噺だけで妹の命を救えるか？　感涙必至の青春時代小説。

喜多川　侑
瞬殺　御裏番闇裁き
芝居小屋の座頭は表の貌《かお》。大御所徳川家斉の御裏番として悪行三昧を尽くす連中を闇に葬る！

内田　健
夏の酒　涼音とあずさのおつまみごはん
ほのぼの共働き夫婦の夏の肴は——。美味しさ、五つ星！　ほっこりグルメノベル第二弾。

小杉健治
心変わり　風烈廻り与力・青柳剣一郎
盗まれた金は七千両余。火盗改の動きに不審を抱いた剣一郎は……盗賊一味の末路は!?